中公文庫

ソ　ラ　シ　ド

吉田篤弘

中央公論新社

ソ ラ シ ド

Contents

目次

本文レイアウト
*
クラフト・エヴィング商會
[吉田浩美・吉田篤弘]

ソ　ラ　シ　ド

G　A　B　C

ソ ラ シ ド

1

Sleeping

＊眠る踊り子とけむり先生

Dancer
SleepOn

まずいコーヒーの話でよければ、いくらでも話していられる。

生まれ育った二十日町で競馬狂のオヤジがやっていた薄暗い喫茶店のミルク珈琲＝百八十円。西島平のドライブ・インで飲まされた、汗の味がする名ばかりのブラジル＝四百円。新宿三丁目〈バルボ〉のどろっとした得体の知れないドス黒ブラック＝二百五十円。極寒の〈石山動物園〉の食堂で、「あたたかいコーヒーをどうぞ」の看板に期待した自分を瞬殺した冷えきったカフェ・オレ＝三百二十円。池袋北口ソープ街のはずれ、エロ本屋の隣にあった客が一人も来ないサ店で飲んだ、まったく味のしないエスプレッソ＝三百四十円。

きわめつきは、渋谷の果ての松見坂と山手通りの交差点近くにあった〈ヤマナカ〉の泥水みたいなブレンド＝二百二十円。

〈ヤマナカ〉に通いはじめたのは、忘れもしない一九八六年のことだ。なぜ覚えているかというと、そのころ持ち歩いていたノートに、（今年はおれの愛する一九六八年をひっくり返した年になる）と書いてあるからだ。

（そうなればいいのに）

そう願った。そのころは願いが果てしなくあり、どれひとつとして叶いそうになかった。川岸につながれたボートに乗ったら、朽ちたロープが切れてうっかり流され、あれよあれよという間に岸から離された気分だった。心もとなかった。誰かと何かを分かち合って笑い合い、安い切符の鈍行列車で旅に出たりしたかった。

が、そうしたことはほとんど叶わなかった。岸に戻りたいのに、戻らない自分にうんざりし、ただただ安息をもとめていた。いまなら、（癒しが欲しい）などとノートに書くのだろうか。あのころはまだ、「癒し」なんて言葉はなかった。言葉がなかったから癒されることもなく、当時の言葉を使えば、（おれは救われなかった）。

しかし、だからといって何の問題もない。このとおり死ななかった。絶望することも病むこともなく、いつのまにかここまで来た。

ふと思いついて計算してみたら、結果は二十六。

あの〈ヤマナカ〉のまずいコーヒーをはじめて飲んでから二十六も歳をとった。指紋で汚れた携帯の画面に計算の結果が、「26」とオレンジ色で浮き出ている。

二十六年前、いつでも自分は「あとがき」ばかりを読んでいた。古本屋で安い文庫本を手に入れ、〈ヤマナカ〉の尻が痛くなる椅子にねばって、あとがきや解説だけを読んでいた。本編をまともに読んだことがない。あとがきほどには面白くないと知っていたからだ。

まったくもって、面白い本なんてひとつもなかった。音楽ばかり聴いていたのは、面白い本がなかったからで――いや、「音楽を聴いていた」という言い方もしっくりこない。聴いていたのはレコードだった。「レコードばかり聴いていた」が正しい。そのせいか(たぶんそうだ)、これまでに、レコードをめぐる話やレコード盤に端を発する話を三つ書いた。三つは少ないと思う人もいるだろうが、この十二年間に十二冊の本を書いて、そのうちの三冊がレコードの話なのだ。

おそらく、自分という人間のおよそのところはレコードで出来ている。身を切れば、ビニールくさいタールのような——それこそまずいコーヒーみたいな黒い血が流れ出る。が、たとえ音に埋もれて黒い血にまみれても、レコードにはまだ裏面がある。

驚くなかれ、レコードはひっくり返せる。

表を裏に。A面をB面に。86をひっくり返して68に。

一九六八年——その年に、ザ・ビートルズが『ザ・ビートルズ』というレコードを世に送り出した。68年はそれだけでも素晴らしい年だが、自分はそのときまだ六歳だったので、ビートルズなんて知りもしない。いまはもちろんよく知っている。白いジャケットに包まれたその二枚組のレコードは、ジャンルを越えた音楽の予言だった。そこから始まるすべての「まえがき」であり、真っ白なジャケットが光源になって、未来へ幾筋も光が伸びていた。

(もし、自分をどこかへ連れ去る怪物があらわれたら、それきり戻れなくなっても構わないから、この世をひっくり返して、68年に連れ去ってほしい)

ノートにそう書いてある。日付は（一九八六年一月某日。雨。寒い。）

当時、引っ越したばかりの城塞のようなアパートの窓辺で書いた。〈ヤマナカ〉まで歩いて三分。アパートの正式名称はKで始まる嫌味な横文字だったが、鼻白んだ住民は、勝手に「空中の長屋」と呼んでいた。自分もまた同じく。その証拠に、開いたノートを閉じると、表紙に〈松見坂空中雑記〉と殴り書きしてある。

松見坂を地図に探す者は、きっと渋谷区と世田谷区の境界で、しばしさまよう。境界へ男根が突き刺さるように目黒区が挿入され、その男根の根もとに浮き出た血管のような筋が松見坂だ。町名ではない。町名は駒場で、井の頭線の神泉駅と駒場東大前駅のどちらにも近い。あるいは、どちらからも遠い。

線路の向こうには東大の時計台が聳《そび》え、アパートの窓――見晴らしは抜群だが西陽を浴び放題の我が六〇六号室の窓――からは、目を細めれば、かろうじて時計台の針が読めた。

むかしむかし、この坂上に丈高い松の木があり、その大木へ山賊がよじのぼって、坂を行き交う旅人＝カモの値踏みをしていた。それで、松の木の西側は「松見坂」と呼ばれ、東側にあるもうひとつの坂は「道玄坂」と呼ばれた。山賊の名が道玄だったからだ。

察するところ、城塞アパートの部屋は、かつての山賊＝道玄がのぼった松の木の高さに位置していた。渋谷の谷を見おろす坂の上に建つ六階建てで、六階部分だけが賃貸で、五階から下は、女たちが秘密裡に〈キャッスル〉と呼ぶ連れ込み部屋に仕立てられていた。

なんのことはない、山賊が娼婦に姿を変えて男たちに狙いを定めていたのである。

そうした俗世界の上にわれわれの部屋が並んでいた。六〇一から六一二までの十二室で、それが大家のルールなのか、十二室の住人は揃いも揃って独身者だった。それゆえ、われわれには雲の上に住む者同士の無言の連帯があった。

十二名のうち、六名は時計台のもとへ通う大学生＝いずれも男。

水商売の男一名に、女一名。

ストリッパー一名＝女。

百貨店勤務一名＝男。

バスの運転手一名＝男。

そして、写真週刊誌のレイアウター一名＝男＝自分である。

われわれは階下で繰りひろげられている、とめどない男女の営みの真上で生活していた。集合住宅なるものに暮らせば、どこも同じようなものかもしれないが、そのためだけに存在している部屋なのだから、十中八九、階下の連中は素っ裸である。

独身者の男たちには、城塞の入口ですれ違う女たちの香りがいちいち毒だった。ただし、毒を浴びせられる代わりに家賃は格安で、われわれは皆、それぞれの理由で万年貧乏だった。それぞれの理由で、もらった金は右から左へ消え、おたがい、それぞれの理由はなんとなく知っていたが、皆、知らないふりをしていた。

三年間そこに暮らし、湯をわかして三等茶を飲んで、ノートを開いて文字を書いた。寝台に寝ころがって何度も読み返した「あとがき」をまた読み、窓の外にひろがる下界の屋根を眺めて、西陽に顔をしかめながら駅向こうの時計台に目をこらした。

時計の針を読みとれる位置は限られている。部屋の中のある一点――ある位置のある角度を探り当てないと、家並みや樹々に隠れて望めない。しばしば、部屋の中で、そろりそろりとその一点を探った。

ただし、時計台の時計が正確であったかどうかは知らない。なにしろ、正しい時刻を示す時計を持ったためしがなく、そろりそろりと時計台を盗み見て、時間になると、背中を丸めて仕事に出かけた。

仕事に行かず部屋にいるときは、四六時中、レコードを聴いていた。飲みながら書きながら読みながら聴いた。

聴くものがないときは、バスの運転手を部屋に呼び、彼が持参したへんてこなレコードを仕方なく聴いた。彼は誰も聴かないようなインディーズのシングル盤を集めていて、聴いても聴いても、こちらの胸に響かなかった。彼は持参した賞味期限切れの酒を呑み、酒が呑めない自分は、いつもの三等茶を味気なく飲んだ。

いつだったか、「酒も呑まないのに貧乏な理由はさ」と彼に白状した。

「もらった金を、全部レコードにつぎ込んじゃうからだ」

わざわざ告白する必要はなかったかもしれない。なにしろ部屋には、ほとんどレコードしかなかったし、あとはレコードプレイヤーとふたつのスピーカーだけだった。テレビもラジオもない。机がひとつ。寝台がひとつ。こわれかけのストーブ。西陽で色あせた（めずらしい）ジョージ・ハリスンのポスター。あとは——なんだろう、覚えていない。彼にだけ白状したのに、そのうち、長屋の連中に自分がレコードに散財していると伝わった。挨拶のついでのわずかな立ち話で伝わったのだろう。われわれはそんなふうにお互いをなんとなく知っていた。「空中の長屋」と言い出したのが誰か知らないが、たぶん、時計台に通う誰かだ。じつにうまいことを言ったと思う。

そんなわけで、自分はレコードを買うために働いていた。入ってきたお金はことごとくレコードに化け、たとえば、何を食べていたかもほとんど記憶にない。ノートにも書かれていない。きっと、書くに値しなかったのだ。飲み食いについては、およそ、まずいコーヒーの記録しかない。

（一九八六年一月某日。五得町J社。午後六時。四階喫茶室の殺人的にまずいコーヒーを飲みながら作業を開始。）

そのころJ社は社屋を部分的に建て替え中だった。建物のどこかしらが常に工事中で、資料室と倉庫に使われていた別館の一部を強引に編集部にあてていた。

いや、それだけでは間に合わず、ついには別館への渡り廊下に仕切り板を設けて即席の編集室にしてあった。その渡り廊下が自分の作業場で、隅の方に机をひとつ与えられて、写真週刊誌のレイアウトを担当していた。

「レイアウター」なる辞書にはない横文字が自分の肩書きだった。レイはどうやら「横たえる」のレイで、レイアウトの語源は死体処理だという説もある。それで、ナイトからナイターをでっちあげたように、レイアウターという呼び名が捏造された。

辞書にない言葉に辞書にない説明を加えると、「死体処理人」ということになる。実際の作業に即して言えば、写真、イラスト、地図、原稿といったものが、（申し訳ないけれど）死体に当たる。

いや、死体ではどぎついので意訳してごまかすと、肉とか野菜のようなものだろうか。処理人は料理人で、雑誌の誌面は読者に供する皿といったところだ。シニカルに言えば、料理人とて一種の死体処理人かもしれない。

というか、この世のあらかたの仕事は死体処理だ。何かを処理して別の何かに仕立てる。

そうした行為を、「再生」と呼び替えることで納得してきた。無理にでも納得しないと、自分の仕事に意味を見出せないからだ。

いったい自分は何をしているのか。はたして、これをやりたかったのか。

そうだっけ？

「そうじゃありませんね、イマシタ君の場合」

最初に見抜いたのが、けむり先生で、先生は自分の「書くこと」の先生＝師匠だった。説明したいことがいくつもある。どうやら、人生の後半というのは、前半に起きたことの説明の連続になるらしい。

まず、「イマシタ君」というのは自分＝おれのことで、しかし、おれの名字はイマシタではなくヤマシタだ。

けむり先生こと松原先生は「ヤ」を発音できなかった。なぜなのか知らないが、「ヤ」はそのときそのときで、「イ」になったり「ウ」になったり「エ」になったりした。

それで、おれはウマシタになりエマシタになりアマシタになった。

一方、松原秀秋というのが自分の知る師匠のフルネームだったが、はたして本当かどうかはわからない。というのも、師匠にはライターや詩人としての偽名というかペンネームが六通りもあり、何を書くかで使い分けていた。

「名前なんてどうだっていいんです」

先生はそう言っていた。

おかしなことに、それだけの名前を駆使しながら、師匠はそのすさまじいスモーカーぶりから、「けむり先生」と呼ばれていた。まったくもって、名前なんてどうだっていい。あんなに目の輝いていた師匠も、五年前に血を吐いて倒れて亡くなった——もとい——正しくは、倒れて血を吐いて亡くなった、だ。

「エマシタ君ね、文章は順番が大事なんです」

よく、先生に文章を直された。

血を吐いたのは、転倒して顎を強打して歯が抜け落ちたからで、かなりのヘビースモーカーだったのに、胃も肺も子供のようにぴかぴかだったという。

死因は心臓。最後まで、皆をけむに巻いてみせた。

いい師匠だった。あんな人はもう二度とあらわれない。あらわれなくていい。自分はこの先死ぬまで、世間的には無名の、しかし文章の達人だった松原けむり先生の唯一の（たぶん）弟子でありつづける。

これまで自分が書いてきたいくつかの話に、けむり先生をモデルにしたナントカ先生を登場させてきた。が、この名前なんてどうでもいい先生が本物で、本物はおれのことを早い段階で見抜いていた。

「君はあれだ、本当を言うと、物書きになりたいんだろう？」

ニッと汚い歯を見せた。

「わたしも、じきに六十だ」「わたしは、まだ五十五歳だよ」「わたしなんか、こう見えて七十ですよ」と言うたびに違っていた。

年齢なんてどうだっていい――とは言わなかったが、言ったも同然である。

いま、ひさしぶりに引き出しの奥から取り出した師匠の名刺を見ると、肩書きに「文筆士」とある。たぶん造語だろう。そうか、先生の肩書きも造語だったのか。でも、いかにもふさわしい。他に言いようもない。たしかに文筆家ではなかった。文士でもなかった。文筆業というのも違う。ブンピツシ、という奇妙な響きがちょうどいい。

「わたしは流れ者みたいに書いてる」「素浪人みたいに書いてるよ」「世の中のはじっこで、

地下鉄の吊り革にぶらさがって書いてる」「毎回、誰かにさよならを言いながら書いてる」「いま書いてる」「ここで書いてる」「書くのは鉛筆がいい」「間違ったら消せるから」「間違ってばかりだから、わたしは」

師匠の言葉はそんなふうにノートの隅に走り書きしてある。

「メモをしろ」「ノートに書け」「あとで意味を持つ」「ノートっていうのはあれだ、未来のお前さんのために書くもんだ」

「イマシタ君、わたしは、これまでのこともよく知っているが、これからのことも少しは知ってる。いつもノートをつけてるからね」「ノートは未来に属してる」「イマシタ君、君はそこでいまレイアウトの男だが、あっちの方では——あっち、というのは師匠独自の言いまわしで「未来」を指す——君は物書きになる。それで、あれだ、このたったいまのわたしのこんな口ぶりを書くんじゃないか？　わたしはそのころ、くたばってる。しかし、君は生き延びて、きっとそれを書くんだね」

その科白《せりふ》の最後のところ——「書くんだね」と結ばれた語尾はそのままそのとおりだったが、いいな、書くんだぞ、「書けっ」と胸ぐらをつかまれたような気がした。

じゃあ、自分はいつか書くのだろう。「書けっ」と折々に自分をどやしつけ、予言どおり、先生はさっさとあっちじゃなくあの世へ逝ってしまった。

まったく、年齢なんてどうだっていい。だとしても、ノートの中の先生の年齢に自分は近づいていく。ノートはたしかに未来のための覚え書きかもしれないが、こうして師匠の言う「未来」で開いてみれば、当たり前のように過去の記録でしかない。

いや、本当に「でしかない」のかどうか。「意味を持つ」と言った師匠の言葉がこの未来で試される。

(一九八六年、二月某日。寒い。五得町J社。深夜二時まで。今日から屋上のプレハブに編集部が移動。寒い。)

ノートの中の自分は、たいてい(寒い。)と記している。ノートの中は夏でさえ、寒く薄暗く感じられる。延々と冬がつづいているかのようだ。なかなか春が来ない。

しかし、「青春」というのは造語なんだろうか。

そういえば、この世に造語ではないものなんてなかった。自分の場合、青くはあったろうが春ではなく、青くはあったが、あざやかな色にまったく縁がなかった。

屋上に編集部が移り、渡り廊下の時代より幾分広くなったものの、ただただ寒々しかった。隅に置かれたぼろ机がアンカー用で、「アンカー」というのは、けむり語でも捏造語でもなく、たぶんリレー競技からの転用だ。日本語にすれば「最終走者」か。

編集部から資料と写真と概略を渡され、先生は決められた行数にぴたりとはまるよう原稿を書いた。自分はその行数に合わせて誌面を構成し、鉛筆と定規で線を引く。写真をトリミングして最後に色の指定をし、仕上がり次第、即刻、封筒に入れられて印刷所に送られる。そんな具合に最終走者として仕事をする者を「アンカー」と呼んでいた。

師匠と机を並べ、あるいは師匠ではなく別のライターと並んで、そのときばかりは黙々と作業した。すみやかに仕上げることが鉄則なので、作業時間はきわめて短い。

アンカーの仕事の大半は待つことだったが、待っているあいだは自由の身なので、どうせ寒いなら一緒だろうと、屋上に出て金網ごしの暗い空を眺めた。つまらない星とつまらない夜の飛行機しか見えない。隣に立った先生はひっきりなしに煙草を吸っていた。

「君は、酒も、煙草も、のま、んのだから、さぞかし、たんまり、金が貯まる、だろう」

言葉をけむりの中に散らかすように先生は言った。

「でなけりゃあ、女、か」

夜中に仕事が終わると、支給されたタクシー代を使うのが惜しくて、深夜営業のいちばん安い牛丼を食べて新宿のはずれにあった先生のアパートまで歩いた。

（先生に空中の長屋のこと、階下の女たちの話をしたら、「君はその女たちと交わったか」とまず訊かれた。）

ノートにそう書いてある。そこだけ妙にかしこまって字も乱れずに書いてあるのが自分でもおかしい。「交わった」というのがいかにも先生らしかった。

「交わらないですよ。まだ引っ越したばかりだし、金もないし」

「金なんて払わなくていいんだ」

先生はときどきそうした無茶を言った。

「上に住んでいる者ですが、交わらせてくださいって言ってみろ」

こういうときだけ、急に命令口調になった。ノートにはこうつづいている。

（わたしは、もうずいぶんご無沙汰だけどね）（わたしは、もういいんだ。昔は、いっぱいハッたから）（君もいまのうちに思いきりハッとけ）

「ハッとけ」とは「ヤッとけ」のことだろう。繰り返すが、師匠は「ヤ」を発音できないので、いちいちこうなる。

「だけど、あれだ、裸が商売の女と商売抜きでハるのはムツカラしい（これもまた、けむり語のひとつ）」

こうした先生の哲学が、城塞アパートにおけるそっち方面の方針を決定した。

「そのアパートに女の住人はいないのか」

「いますよ、二人」

「その女たちは裸が商売じゃないんだろう？」

「いえ、一人は裸を売りものにしています」

ナンシー内田、サリー内田、内田エンジェル、内田ハニー、と彼女の名前はめまぐるしく変わっていった。当然ながら、本当の名前ではない。どれも小屋で踊るときの名前で、本名は誰も知らなかった。

「ほう。ストリッパーとはまたオツなもんだな」

先生はニッと歯を見せた。

「その女とはアッたのか？」

今度は「ハ」が「ア」になって、これをノートに書きとめるときに、「アッた」を「在った」とたわむれに書いた。先生の書く文章には、「在る」や「在った」がよく使われていたからだ。

「いや、まだ話したこともないです」

「まだ？　まだ？　まだ？」

先生は意味ありげに繰り返した。すでにこうして「あっち」へ来ている自分には、このときの「まだ」が、未来に属していたと知っている。つまり、「まだ」であったものは数週間後に更新され、彼女と郵便受けの前で挨拶する機会があって、それから彼女はときどき夜おそくにレコードを聴きにきた。

　彼女は渋谷百軒店の劇場でその日最後のステージを終え、月の下をひとりで歩いて帰ってきた。毎日毎日。派手な服を隠すように黒いコートを羽織り、午前一時の月が冴える頃合いに部屋のドアがノックされると彼女が立っていた。

「ねぇ、イマシタ君」

　彼女まで「ヤ」の音を変換して自分をそう呼んだ。彼女に先生の話をしたからだ。「先生は、ヤが言えなくて」と解説すると、面白がってすぐに真似をした。

「この部屋、かびくさいけど」「けど、意外に居心地いい。あたしの部屋よりいいかもしれない」「いまの仕事は嫌いじゃないけどね」「けど、ナンシーじゃなく、内田って呼んで。この時間はもうナンシーじゃなくなってるから。ただの内田です」

「それでね――」

　彼女はあらたまって背筋を伸ばした。

「踊るときにかける曲を選びたいの。レコードなら山下君がいっぱい持ってるよ、って聞いたから」

最初は声が明るかった。

「うん、わかった」と封を切ったばかりのインスタント・コーヒーをいれ、そのころよく聴いていたレコードをかけたら、

「コーヒーがまずい」

と彼女は顔をしかめた。その顔のまま、

「なに、これ。ひどくない？　こんなの聴いてんの？　こんなんじゃ踊れないでしょう。馬鹿みたい。こんなのがいいと思ってるんだ？」

ひとしきり言いたいことを言って、静かになったなと思ったら、口をあけて眠っていた。レコードのA面が終わり、針が同じところを何度もトレースして、プツ、プツ、プツ、とノイズだけが45回転で繰り返されている。

「そんな大きな口をあけてたら、美人が台無しだよ」

彼女はまったく動かなかった。口をあけたまま眠っていて、そういえば、「眠る踊り子」みたいなタイトルの曲があったな、と思い出した。部屋のあちらこちらに散らばったレコードをひっくり返して探しまわったが、ナンシーじゃなくなった内田は眠ったままで、何度、声をかけても起きず、おそるおそる、手の甲のあたりを軽く叩いてみたけれど、やは

り起きなかった。

ものすごく疲れているみたいだった。


これだったか？　と見当をつけたレコードはアート・ブレイキーのLPで、B面の二曲目にそれは見つかった。「スリーピング・ダンサー・スリープ・オン」という曲だ。

ジャケットから盤を取り出しターンテーブルに載せ、B面であることを確かめて、一曲目と二曲目のあいだの溝に針をおろした。

イントロからして眠たくなるような甘い曲だ。たぶん、これでは踊れない。

彼女は小さくうなって口を閉じ、見違えるような寝顔になって、本格的に寝息をたてはじめた。


（一九八六年。三月某日。深夜。買ったばかりのインスタント・コーヒーがひどくまずい。）

月の下で踊り子は眠り、われわれはそうしてただそこに在った。

ソ ラ シ ド

2

Don't Get Me Wrong

＊ナンデモ屋とダイナマイト・シャツ

二十四時間営業のナンデモ屋の二階がいまの自分の住処《すみか》だ。雑然とした街の雑然とした部屋で、ひとり机に向かって仕事をしている。

自分を取り囲むあれこれはさして代わり映えがしない。食べるのは出前のピザばかりで、女性だけで切り盛りしているピザ屋が近くにある。出前をする店ではないのに、本場からやって来た恰幅のいい女主人が、「トクベツ」と片言で請け負ってくれた。痩せた日本人の女の子＝カオルと、小柄な日本人の女の子＝アヤのどちらかが電話に出る。どちらかが運んできてくれる。

すでに一生分のピザを食べた。いまは二回目の一生分を食べている。

「飽きませんか」

カオルが玄関に立って訊いた。(いや、まったく)

「おいしいですか」とアヤが玄関に立って訊く。（いつ食べてもおいしいけど）それはそうなのだが、もしかしたら、延々とつづけてきたものを、どう終わらせればいいのかわからないだけかもしれなかった。

階下のナンデモ屋は文字どおりの品揃えで、大して広くもないがスーパーと雑貨屋と酒屋と煙草屋がひとつになったような店だ。まさかこんなものは売ってないだろうという予想はことごとく裏切られる。七面鳥、ハチマキ、アルコール・ランプ、韓国メロン、ゴムボート、糸ノコ、ズボン吊り、ロシアケーキ、何でもある。店頭になくても、言えば奥の倉庫から手品みたいに出てくる。

この店には店長がいない。全員がアルバイトで、全員が店長のように店の隅々まで知り尽くしていた。

「ないものがあったら言ってください」と彼らは言う。「次から揃えておきますので」

しかし、同じ屋根の下に何もかも揃っているというのも考えものだ。どこにも行く必要がない。二十四時間ひっきりなしにさまざまな国籍のさまざまな歳格好をした客が出たり入ったりするので見飽きない。人恋しくもならない。ヒマなとき――いつでもヒマだが――窓から首を突き出して、下の様子をうかがっている。ここは、はたして日本なのか。笑いたくなる。日本人の方がめずらしいんて。

結局、自分はこうしたところが落ち着くようだ。「空中の長屋」以来、常にこんなところに身を置いてきた。二回分生きてもおそらくこうなる。階段をおりるとすぐそこが街で、訳ありのにぎやかで雑多な連中が行き交っている。

が、自分の部屋だけは嘘のように静まり返っている。レコードのA面を聴き終わってB面に裏返すとき、あまりの静けさに自分の十本の指を動かす音が聞こえてくる。

「結婚はしないんですか」とカオルが玄関に立って訊いた。

「料理はしないんですか」とアヤがうるさく繰り返す。

(どちらもしないし、したためしもない)

「嘘でしょ」と反応したのは出前の二人ではなく妹だった。

「料理くらいすればいいのに」

妹は自分よりずっと若かった。

自分と年齢がさして変わらない母親から生まれてきたからだ。

ふた駅先の隣街に住んでいる。そのわりに、あまり顔を合わさない。会うと何を話していいかわからなくなる。ときどきメールが届き、（何か面白いことあった？）と訊いてくる。

（今日、向かいのビルの屋上に彗星が落ちた）（今日、駅前で脚が六本の犬を見た）（今日、コンビニのサンドイッチに千円札がはさまっていた）

思いつくままデタラメな返信を送ると、（嘘でしょ）とひとこと返ってくる。それが妹の口癖らしい。

内田もそうだった。ナンシーでもハニーでもエンジェルでもない内田。

「だって、信じられない」

「いや、本当に。よく行くレコード屋の客がナンシー内田の踊りは最高だって」

「嘘でしょ」

嘘じゃない。ノートにそう書いてある。

（一九八六年三月某日。曇り。寒い。〈ノブ・レコード〉で新入荷をチェックしていたら、二人連れの客がナンシー内田の話をしていた。何も買わなかったが、『BE』の新しい号があったのでもらってきた。）

『BE』というのは、当時、東京のいくつかのレコード店が共同で発行していた無料の雑誌だ。宣伝だけではなく読みごたえのあるページが多く、目にとまれば必ずもらっていた。だから、ノートのあちらこちらに『BE』の名が出てくる。現物はたぶん残っていない。ナンデモ屋の二階に住んでいても、見つからないものはある。そう思っていた。

見つけ出したのは妹だった。

（出来たら、兄ぃのナンデモ屋の二階が見たい）

とメールがきた。

「兄ぃ」と妹はおれをそう呼んでいる。おれは妹をどう呼んでいいかわからない。カオルやアヤの名は気安く呼んでいるのに、妹の名をまともに呼んだことがない。

駅に着いた彼女を電話で誘導していたら、角を曲がってナンデモ屋を見つけた途端、

「嘘でしょ」と携帯から声が飛び出てきた。

「なにこれ」「やばい」「すごくない？」「最高」

部屋に入ってからも「嘘でしょ」を連発した。

「下の店もすごいけど、この部屋も訳わかんない」「でも、最高」「でも、よく見ると、本とレコードしかない」「カーテンもないし」。

インスタントのドリップ・コーヒーをいれて出すと、ひと口飲んで変な顔をした。誰かに似ている。前からそう思っていたが、しかめ面がどこか内田に似ていた。例によって、何を話していいかわからず、仕方なく机に向かって仕事をしているフリをした。妹は窓から下を眺めている。

「なんだか、全部、映画みたい」

夢見るように言った。

かと思えば、いまや何がどこにあるかわからない本棚から適当に本を抜き出して読みふけっている。

「この本、面白い？」「なんて本？」「『お菓子とビール』」「あとがきしか読んでない」「借りてもいい？」「あげるよ」「借りる方がいいんだけど」「どうして？」「また返しにこられるし」

彼女が顔をしかめたコーヒーは自分としてはまぁまぁのものだった。昔、さんざん飲まされたまずいコーヒーよりずっといい。

「これって、わたしが生まれた年だよね」

今度は何を言い出したのかと思えば、

「一九八六年」

彼女は妙にはっきりとそう言った。

作業机から振り返って妹の横顔と手にしているものを確認すると、その小ぶりな雑誌こそ、『BE』に違いない。

何年ぶりだろう。いや、何十年ぶりか。というか、そんなものがいったいどこに——。

「どこって、なんかここらへんに」

彼女が曖昧に本棚の隅を指差すと、同時に玄関のチャイムが鳴った。頼んでおいたピザの到着だ。初めて二人前頼んだ。だからなのか、玄関にカオルとアヤが窮屈そうに立っていて、二人で並んで立っていた。はじめて知ったが、背の高さが結構ちがっている。それぞれが水平にピザを持っていた。

「二人で来るなんてめずらしい」と声をかけると、「二人前なんてめずらしいです」とカオルに言い返された。アヤは足もとにあったピンクの地に銀色の刺繍が入ったスニーカーをじっと見ている。妹の靴だ。二人は笑いをこらえ、何度か目配せをし合ってから、「ありがとうございました」と帰っていった。

一方、妹はピザをひと口食べるなり「やばい」と目を輝かせた。しかし、コーヒーをひと口飲んで、小声で「ひどい」とつぶやいている。ひとしきり食べると、部屋の隅にレコードプレイヤーを見つけ、

「わたしが生まれた年に流行っていた曲を聴きたい」

と、わがままなことを言い出した。

もし、ノートを読み返していなかったら、そんなリクエストには応えようもない。が、ノートはまさに彼女が生まれた年に書かれていて、イギリスとアメリカから入荷したばかりのレコードを次々買いあさって記録していた。だから、ノートに登場するレコードが手に届く棚にあれば簡単な話だ。

結果、すぐに見つかったのは、プリテンダーズの「ドント・ゲット・ミー・ロング」だった。『BE』との再会ほどではないとしても、その曲をそのシングル盤で聴くのはいつ

以来か思い出せない。

妹は「すごくいい音」と目を閉じた。「本当にこれ、わたしが生まれた年？　いま目の前で演奏してるみたい」

まさにそのとおりで、回転するレコード盤から音の飛沫が弾《はじ》け飛んでくるようだった。

＊

通り雨が去るように妹が帰ったあと、テーブルに残された『ＢＥ』一九八六年五月号のページをなんとなくめくっていた。時期的に、ノートにあった内田のくだりの次に出た号だ。この号に該当しそうな記述をノートに探したが見つからない。妙な思いだった。同じ号ではないとしても、ノートの中にしかないと思っていたものが音もたてずに姿をあらわした。

記事のところどころに覚えがあった。ついでに指先のかたちをした油の染みもある。当時、付けた染みか、それとも、いま付いたピザの染みか。二十六年も経っているのに、雑誌はその染み以外、何のダメージもなかった。ついこのあいだ刷られたようにも見える。

顔をあげると、レコードプレイヤーの電源が入ったままだった。緑色の豆ランプが灯《とも》り、ターンテーブルにはシングル盤が載せられている。強い光を目にしたあとの残像のように、まだそのあたりに音楽が残っていた。

頭がぼんやりし、ぼんやりしたまま『BE』のページをめくっていると、ふと何かを見た気がして手がとまった。

いまたしか、「サボイ・トラッフル」という文字の並びを見た。

愛してやまない一九六八年に発表された二枚組のレコード——その中で最も愛する曲。D面の三曲目。愛すべきジョージ・ハリスンのナンバーだ。愛なんて言葉は口にも文字にもまずしないが、この年と、この曲と、この男には惜しまない。

急いでページをめくりなおして見つけたのは、誌面の隅にしがみついたような小さなコラムだった。「ビートルズの曲で一番好きなのは?」というよくある質問に二人の女性が答えていた。ひとりが「サボイ・トラッフル」。もうひとりが「オールド・ブラウン・シユー」。

二人は〈ソラシド〉という名前の女性デュオだった。二人ともジョージ・ハリスンが好きで、「二年前からライブハウスを中心に活動している」とある。

ぼんやりしていた頭がゆるゆると目覚めた。もし、自分が同じ質問を受けたら間違いなくこの二曲のどちらかを選ぶ。そして、間違いなく自分以外は誰も選ばない。そう思っていた。目覚めた頭がしだいに小さな興奮へ近づいていく。

「ソラシド?」「知らなかったな」「女性デュオで」「二年前から」

パソコンを立ち上げて検索ページを開き、「ソラシド」と打ち込んで指がとまった。

この二年前はただの二年前じゃない。二十八年前だった。

画面は検索結果に切り替わったが、四半世紀前の〈ソラシド〉に関する情報はざっと見た限りネット上に見当たらなかった。それはそうかもしれない。「ライブハウスを中心に」とあるのは、彼女たちがレコードをリリースしていないことを意味している。

もういちど記事を読んだ。

「サボイ・トラッフル」を選んだのは守山空(ボーカル、ギター)。

「オールド・ブラウン・シュー」を選んだのは有本薫(ダブル・ベース)。

残念なことにコラムが小さ過ぎて、二人の写真を掲載する余裕はなかったようだ。二人とも年齢不明で、なにより、どんな音楽を演っているのかという肝心なところが書かれていない。

気になったのは、「ダブル・ベース」という表記だった。「コントラバス」ではない。「コントラバス」なら想像がつく。女性の奏者も少ないけれど何人か知っていた。しかし、女性の「ダブル・ベース」奏者はかなりめずらしい。どちらも同じ楽器だが、「コントラ」と言えばクラシックで、「ダブル」と言えばジャズが思い浮かぶ。「コントラ」は主に弓を使って弾くイメージだが、「ダブル」は主に指を使って演奏される。いずれにしても、ものすごくでかい楽器で、信じられないくらい重くて手に負えない。

というか、ヤツのことなら自分もよく知っていた。

なにしろ、自分もヤツを弾いていたからだ。

自分の場合は一人で弾いていた。本当は誰かと一緒に演奏したかったが誰も見つからなかった。十九の春から四年くらい。その間、誰にも出会えなかった。仕方がないので、おれはヤツを「エレファント」と呼び、ヤツを相棒にして四年間を過ごした。

有本薫（ダブル・ベース）

本当にあの馬鹿でかいヤツを手なずけていたなら、それだけで、その名は記憶に留めるに値する。すでに二十六年前の記事であったとしてもだ。

ふと、薫という名前にピザ屋のカオルを思い浮かべ、彼女はかなり痩せているが、あのくらい背丈があれば、ヤツを抱えることは充分可能だろうと想像した。

想像のついでに、照明が落ちて暗くなった玄関を見た。

さっき、そこにカオルとアヤが立っていた。ピザを水平に支え、そういえば、二人はめずらしく並んで立っていた。

＊

およそ午前二時をまわった頃になると、ナンデモ屋はにわかに忙しくなる。次々と客が来てやかましくなり、客の多くは、さっきまで男たちを相手に商売をしていた女たちだ。仕事のあとの夜食の材料を買いにくる。どうしてなのか、彼女らのような華やかな女たちの気配を感じると、空気が入れかわったように落ち着いてくる。どんな精神安定剤より効果がある。

これはたぶん、四半世紀前の〈キャッスル〉の後遺症だ。女たちの気配だけでいい。電話で誰かと話している声やヒールが床を叩く音、長い爪と煙草のけむりと偽ダイヤの輝き。半分眠った状態で、そうした女たちの気配を階下から感じとる。

四半世紀前、空中の長屋の階下＝〈キャッスル〉のエスコート嬢たちも、同じようににぎやかだった。仕事中の彼女たちとよくエレベーターで乗り合わせた。彼女たちが〈キャッスル〉に登楼するときは基本的に男と連れ立っている。太った男か、ヒゲの男か、でなければ、色白の気弱そうな男だ。男はたいてい不審そうに横目でこちらを見た。ときどき、床に寝そべってだらしなくレコードを聴いていると、曲が途切れたときに、階下から自分の部屋に銃弾を撃ち込まれたような音が響いた。

ドスッと。

下の部屋で抜かれたシャンパンの栓が天井を撃つ音だ。

「シャンパンなんて、ついぞ呑んだことがないよ」

六〇八号室の百貨店に勤める男が肉をほおばって声を荒らげた。

彼は食料品売場の肉屋で働き、長屋の連中からは「店長」と呼ばれていた。本当に店長であったのかどうかは知らない。週末に売れのこった肉を持てあますと、学生たちとおれを部屋に招《よ》んで、たんまり食わせてくれた。

「肉は腐りかけがうまいんだよ」

店長はニヤつきながら、いやというほど肉を焼きまくった。学生たちはともかく、なぜ、自分に声がかかったのかわからない。たぶん、ロクに食べていないのを見抜いたんだろう。

「夜中に寝てると、シャンパンの栓の音がしない？」

店長が肉を食いちぎりながら皆の顔を順に見た。

「しますね」「します」「おれんとこも」「しますします」

学生たちが口々に答えた。階下ではいったいどれだけの「ドン・ナントカ」が消費されていたのだろう。アパートのゴミ捨て場に行くと、飲み捨てられた栄養ドリンクみたいに空き瓶が山積みになっていた。

城塞アパートには正確に言うと三年と二ヵ月のあいだ住んだ。しかし、結局、一度も階下へ出向いてシャンパンの栓を抜くことはなかった。

あるとき、めずらしく男を連れていない女がエレベーターに乗り込んできて目が合った。むせかえるような香水の匂いがし、彼女は小さなバッグから名刺を取り出すと、「いつでもどうぞ」とこちらに差し出した。

自分はそのとき、ボウリング場で着るためにつくられたアメリカ製の半袖シャツを着ていた。胸と背中になんとかいうチーム名が英語で織り込まれ、ホテルの清掃員なんかが、それとよく似たものを着ていた。たぶん彼女もそう思ったのだろう。「いつも御苦労さまです」と頭をさげた。


以来、その手のシャツを着ることに慎重になった。が、ひと月ほど前にナンデモ屋の片隅にぶらさがっているのを見つけたときは、迷うことなく手に入れた。捕獲した思いだった。白と黒の二枚あり、どちらにするか迷って黒を選んだ。背中にDynamaitoと青い刺繍が入っている。「ダイナマイト」のつもりだろうが、スペルが間違っていた。

しかし、スペルはインチキでも着心地は上々で、毎日毎日、そればかり着ている。自分はもうエレベーターで娼婦と乗り合わせることもないのだし——。

というより、エレベーターに乗る機会がめっきり少なくなった。高いところに用事がない。犬のように街をうろつくのが自分の本分で、うろつくのは、いつも何かしら探しているからだ。およそ、高いところで探しものが見つかったためしがない。

Dynamaitoのシャツを着た男を見つけたのも、ナンデモ屋から五百メートルのところに開店した「がらくた屋」の店先だった。彼が着ていたのは白の方で、おそらく、彼もナンデモ屋で買ったのだろう。背中に声をかけてみようかと躊躇していたら、振り向いた彼がこちらのDynamaitoに気がついた。

「最高ですよね、このシャツ」

彼はそのシャツが街の誰よりも似合っていた。かき上げた髪をジェルで固め、シャツと相まって全体の印象がどこか五〇年代風だった。五〇年代に彼の両親が生まれていたかどうかも怪しいが、声だけがまるで吹き替えのように大人びている。歯はつくりたてみたいに真っ白で、スエードの靴には一点の染みもなかった。

「何かお探しですか」

てっきり客なのかと思っていたら、そこは彼の店だった。開店したばかりで、まだ店の名も決まっていないという。「がらくた屋」などとつい呼んでしまったが、彼の話を聞くうち、陳列された品々が、がらくたから「骨董」に化けた。

「いえ、うちは骨董屋ってわけじゃないんです。骨董と新品の両方を扱ってます」

ようするに、この店もナンデモ屋の一種らしい。商品が過去にまで及んでいるという点ではナンデモ屋を超えている。広くも狭くもない店で、小型自動車がちょうど収まるくらいのスペースの半分が本で占められていた。

残りの半分は時計と筆記具と写真機と眼鏡と楽器と、その他もろもろ。ナンデモ屋と同じく、言えば奥から出てくるシステムだ。ただし、彼の「奥」は遠くにあり、車で一時間半もかかるという。実家の近くにある倉庫に「何もかも」しまい込んであるらしい。

「お探しのものはありませんか」

彼は白い歯を光らせて繰り返した。

「いや」――と少し考えて首を振った。

（一九八六年三月某日。曇り。金が底をついてレコードが買えない。いつもの〈モリー〉でコーヒー。まずい。無意味な時間を過ごした。あくびばかり。）

（一九八六年三月某日。晴。歩いて新宿までコーヒーを飲みに行く。伝説の店〈ソング〉。どこがおいしいのかさっぱりわからない。こうなるともう何も信じられない。）

（一九八六年三月某日。晴。振込アリ。なんとか生き延びた。銀行の帰りに飲んだモカ・コーヒーが大変にまずい。）

それにしても、どうしてあのころのコーヒーは、あんなにまずかったのだろう。誰か説明して欲しい。もし、あのころにナンデモ屋があって、「何かお探しですか」と訊かれたら、「うまいコーヒー」と即答しただろう。

違うか。あのころは他に、もっといろんなものを探していた。

いまは、あのころのように「まずい」とは思わない。ずいぶんいい。いや、かなりいい。ほとんど申し分ない。

しかし、妹の意見は違っていた。

（このあいだはごちそうさま。ピザもレコードもナンデモ屋も最高でした。でも、コーヒーだけは、正直ひどかった）

このメールをもらった一週間後に予告もなしに妹から小包が届いた。包装紙を破いて箱を開くと、中からフレンチ・プレス式のコーヒー抽出器と新鮮なコーヒー豆があらわれた。説明書に従ってさっそくいれてみると、これまで飲んできたのは何だったのか、というほどうまい。水のように透明な味で、雑多なものがすべて取り除かれていた。川をさかのぼった、いちばんきれいな泉が湧いているところから両手ですくった水。もしくは、エレベーターで最上階までのぼり、さらに屋上も雲も突き抜けた、天国で味わうような一杯——。

でも、何か違う。うまいのは間違いないが、何かが違う。それを妹に伝えたかった。なんと言えばいいのか。メールを打ちかけては指がためらった。

窓から首を突き出して階下を眺める。ここは決して天国ではない。しかし、決して地獄でもない。地獄なんかであるものか。

階段をおりて、体臭がたちこめた路地に立った。知らない言語と日本語が入りまじった会話が飛び交う中、ダイナマイト・シャツの彼の店まで歩いた。店はまだ名前が決まっていない。そのかわり、店内はいつのまにか細々した物であふれ返っていた。

「何かお探しですか」と彼は白い歯を光らせる。

「妹に何か——贈りものでも」

「妹さんはおいくつでしょう?」

「ええと——そうだ、一九八六年生まれです」

「あ、僕も同じです」

一九八六年。その年に何か特別なことがあったわけではない。その年に、たまたま自分はノートを一冊書いただけだ。

ただ、ノートは「未来」に属しているとけむり先生は言っていた。その「未来」がこの現在であることは、いよいよ疑いようがない。と思う。たぶん。

「自分が生まれた年なので、八六年に関するものは何でも集めています」と彼は言った。

「奥の倉庫にあります」

尻のポケットで、携帯電話が音もなく震えてメールの着信を伝えた。

妹からだった。

(何か面白いことあった?)

ソ ラ シ ド

3

Elephant Talk

＊ 夢のいちばん終わりのところ

目覚めかけの頭が自分から離れて勝手に考えていた。

「彼」はいまどこにいるのか――。

頭から水がこぼれ出たみたいに、その思いがベッドのシーツに染みをつくっている。

いや、それはたぶん、よだれの染みか何かだ。

そういえば喉が渇いた。しかし、どうにも眠い。眠りに引き戻される自分に、「もう朝だ、急げ、時間がもったいない」と自分から離れた頭がしきりにせっつく。自分は朝に弱い。朝は頭と自分とがせめぎ合う。勝つのはいつでも頭だ。自分は毎朝、そうして敗北する。勝利した頭が自分を叱咤する。

「起きろ起きろ、急がないと時間がない」

それで、ようやく目が覚める。朝の空気が鼻の穴から入ってくる。頭と自分はひとつに戻り、「そうだ、もう急ぐ必要はないんだ」と枕に顔を押しあてて低くうめく。

レイアウターの仕事をしていた頃はいつも時間に追われていた。あの頃は世の中全部が時間に追われ、時間が何よりもいちばん偉かった。朝の寝床で毎朝、時間を呪い、「起き上がる自分」と「眠りつづける自分」に分離していた。

その名ごりで、いまでも分離する。

「彼」はいまどこにいるのか――。

目覚めかけの頭が、夢のいちばん終わりのところを引き継いで考えていた。どんな夢を見ていたのだろう。最近、夢をよく思い出せない。思い出しながら寝返りをうつと、階下から、そして窓の向こうから、ナンデモ屋の喧噪が聞こえてくる。思い出しかかっていた夢はその雑多な声にかき消され、夢など思い出したところで何の役にも立たないと頭を振る。

頭を振りながら冷蔵庫にたどり着く。冷やした水をがぶ飲みするあいだも喧噪を聴き、重なり合った声と張り合うように音楽が鳴っているのはめずらしくない。毎度おなじみ、カセット・ジャックの仕業だ。

ナンデモ屋の店頭に壊れかかったカセット・テープレコーダーが置いてあり、ラジオを流したり、客寄せの拡声器代わりに使われている。こいつに目をつけたインド人留学生が、ポケットに忍ばせてきたカセット・テープを無断でねじこみ、アパートの屋上で録音したという自作曲を爆音で流した。

誰が呼んだか、カセット・ジャック。

彼は生粋のインド人だが、その音楽は国籍を越えた唯一のものだった。ジャズの要素を取り入れた複雑なクラシック音楽とでも言えばいいか。何度か聴かされるうち、旋律もさることながら楽器の音色が気になった。バイオリンではない。ビオラだろうか。

あるとき、彼がテープをねじこんでいる現場を目撃した。すかさず、片言の英語で「君が弾いている楽器は何か」と訊くと、「インド製のチェロです」と明るい日本語が返ってきた。

「父がつくりました」

どうやら、ハンドメイドの一点ものらしい。

後日、現物を見せてもらったら、はっきり言ってチェロには見えなかった。インドではなく別の惑星でつくられたような、いびつなチェロだった。しかし、目の前で彼が弾いてくれた音色は素晴らしく、そのハスキーボイスを思わせる独特な音は、壊れかかったテープレコーダーのスピーカーで鳴らしても伝わってきた。

水を飲みながら、彼の指が指板の上をなめらかに動きまわったのを思い出す。その指の動きを自分は知っていた。彼の指が自分の指と重なり、自分が演奏しているような思いにとらわれていた。

自分が「彼」を弾いている。

そうか、「彼」か。

「彼」というのはインド人の彼ではなく、かつての我が相棒＝エレファントのことだ。

自分は夢の中でひさしぶりにエレファントを弾いていた。

何十年ぶりか。

ダブル・ベースに触れること自体、機会がなかった。たぶん、このあいだ見つけた雑誌の記事が影響している。自分がまた、エレファントを弾くことになるとは——。

いや、そうじゃない。これは夢なのだから、実際に弾いているわけではない。

夢から覚める直前、「覚めてしまえば、こいつは消えてなくなる」と予感した。もちろんそのとおりになり、それで自分は、「いまどこにいるのか」と、つい口ずさんだ。

答えは返ってこない。エレファントは寡黙なヤツだった。楽器を寡黙などと称するのは馬鹿げているが、彼にはどこかそんな印象があった。

だった、あった、とすべて過去形になる。

エレファントは過去の中にしかいない。自分は彼を過去の部屋に置いてきた。じつに多くの時間を共に過ごしたが、その時間ごとそっくり部屋に置いてきた。

インド製のチェロがぼろいスピーカーから鳴っているのを窓ごしに聴きながら思案した。自分はもう急ぐことはない。時間に追われることもないのだから。たとえば、今日一日、過去に置いてきたエレファントを自分のそばに——頭の中に——ゆっくり少しずつ引き戻して過ごすということも考えられる。


カレンダーを眺めた。幸か不幸か急ぎの仕事はひとつもない。大きな長いものを書き終えたばかりだ。書いているあいだにいくつか注文があったが、「いずれまた」と繰り返すうち、相手にされなくなった。

ただひとつ、封書で届いた依頼があり、それは締め切りが一年後というめずらしい原稿依頼だった。隅から隅まで手書きでしたためられた封書の文字が、どこか自分の書く字と似ている。その字が気になり、なぜか、それだけは引き受けた。いずれにせよ締め切りはずっと先で、封書が届いたときは一年後だったが、それから四ヵ月ほど過ぎたから、八ヵ月後ということになる。

〈「冬の音楽」というテーマのもと、これまで聴いてきた音楽からひとつだけ選んで自由に書いてください。また、その音楽を奏でたひと、あるいは、奏でた楽団の紹介文もついでに書いてください。〉

封書も手書きもめずらしかったが、この依頼の文面もどこかおかしかった。「ついでに書いてください」なんて普通は書かない。でも、自分の字に似ていて、ダーク・ブルーの萬年筆のインクがにじんでいた。

同封された企画書に目を通すと、依頼は自分だけではなく何人もの書き手に送られているようだった。そうして出来あがる本は『冬の音楽』というタイトルのアンソロジーで、刊行時期は「未定」とある。

封書の差出人は「マツヤマタロウ」となっていた。そんな人を自分は知らない。マツヤマタロウが何者なのか――編集者なのか、出版社を営んでいるのか、何ひとつ手がかりがなかった。西荻窪の住所とメール・アドレスが記されている。しかし、こんな封書を何通も萬年筆で書きつづったマツヤマタロウの丸い背中を想像し、「お手紙ありがとうございました」とメールで了解した。

こういう場合、こちらも手書きで返答すべきではないかと便箋を開いたのだが、書き出した自分の字があまりにマツヤマタロウの字に似ていて、自分でもおかしくなって、丸めて捨ててしまった。

そのとき、右肩にいやな痛みが走った。

二日後に整形外科の診察室で、「五十肩でしょう」と医者から言い渡され、幸い痛みはすぐに引いたものの、この先の人生を予告するような痛みと、「冬の音楽」という言葉が湿布の匂いと一緒に右肩に埋め込まれた。

大きな長いものを書きながら、ときおり「冬の音楽」がずきずき疼いた。これを書き終えたら、自分は「冬の音楽」について考えよう――その思いに背中を押され、いつしか一九八六年のノートを引き出しの奥から引きずり出していた。

なにしろ、なんでもノートに書いてある。

自分が「冬の音楽」と聞いて真っ先に連想したのは、「空中の長屋」のあの冷えきった部屋だ。ストーブのまわりで鳴っていたレコード。あれらすべてが「冬の音楽」だった。

（一九八六年三月某日。小雨。寒い。今日ようやく気づいたが、この部屋が、前の部屋よりがらんとして寒いのは、エレファントがいなくなったからだ。）

ノートの中に「エレファント」が見つかるのはこの日だけだった。この日もこれ以上のことは書いていない。「空中の長屋」に移る前に自分はエレファントを手放した。いま、この記述を読むと、「冬の音楽」をもたらしたのはエレファントの不在だったのかと思い当たる。さらにそこからさかのぼって十代の終わりまで時間を巻き戻せば、エレファントこそが、いま右肩で疼くものの正体かもしれない。

彼はなにしろ、冬の夜の底からあらわれた。

＊

拾ったのだ。

その頃の自分は、ノートに日記などつけていない。が、もし、書いていたら、その日はこんな感じになる。

（一九八二年二月某日。曇り。寒い。春三伯父さんに連れられて、銀座のバーでコーラにウイスキーをたらしたものを呑んだ。ひどく酔い、気づくと誰かにギターを盗まれていた。）

伯父さんはバーにいたマッチ棒のように痩せた女といつのまにかいなくなっていた。ギターケースのポケットに財布を入れていたので金もなくなり、仕方なく、銀座から下北沢のアパートまで歩いて帰った。

ほんの数滴たらしただけのウイスキーで、どうしてあんなに酔ったのかわからない。たぶん、目をはなしている隙に伯父さんが悪戯《いたずら》をし、数滴ではなく存分にたらしたのだろう。歩いて帰るうちに酔いがまわり、どんな道を辿ってアパートまで帰り着いたのか記憶にない。

　ただ、代々木上原のガード下になにやら得体の知れない埃まみれの黒く大きなものが捨ててあったのは覚えている。酔っていたので気が大きくなり、おそるおそる触れてみると、黒いものは落葉がこびりついた布製のケースだった。指先で探るとファスナーが見つかり、じりじりとチャックを引き下ろすと、下ろすそばから、裂け目の奥に黒々とした怪物めいたものが覗いた。

　そこまでは覚えている。そのあとたしか、やけに自分のギターが「重くなったぞ」とぼやきながら引きずって帰ってきた。しかし、そんなわけがない。ギターは盗まれたのだから。

　引きずってきたのはガード下の黒い怪物で、部屋に帰り着くなり、自分は死んだように眠ってしまった。数時間後に目を覚ますと、夕方のアパートの部屋からギターが消えていて、見知らぬ怪物の「彼」が居座っていた。

　ケースから引き出すと、さらにひとまわり大きくなったかのようで、弦は四本とも無く、稲妻のかたちをした傷が数えきれないくらいあった。古い油のような変なにおいがし、傷だらけのボディに触れると、どこもかしこもぞっとするほど冷えきっていた。たぶん、誰からも顧みられず、冬のガード下に長いこと放ったらかしにされていたのだろう。

その先のことは少々端折《はしょ》る。手短に言えば、なるべく金のかからない方法で修理し、色を焦げ茶に塗り変えて、黒い布ケースを一日がかりで手洗いした。すっかり生まれ変わったところで、「エレファント」と命名し、それから教則本も見ずに朝から晩までひたすら独習した。指がちぎれるほど弾きまくった。

結局、盗まれたギターはそれきり戻らず、そういう運命なのだと観念して、ダブル・ベース奏者になってやろうと思い決めた。

それから四年間。ただひたすらあがきつづけた。

このような怪物が自分にもたらされたのは、この楽器を自分が手なずけ、約束された未来で華々しく演奏するからに違いない――そう信じた。

しかし、一人ではどうにもならない。演奏は日々上達しているように思えたが、世の中は右も左もバンドが主流だった。とりあえず、一緒に演奏する仲間が欲しかった。三人か四人、いや、二人でもいい。なんなら一人でもいいから、と妥協すると、友人を介して「ミミセン」と呼ばれる男と知り合った。

ミミセンは太鼓叩きで、彼もまた仲間を探し、彼もまた見つからないまま一人でドラムを叩いていた。とてつもない轟音だった。

ミミセンは自分が知る限り、地球上で最もでかい音で叩くドラマーだった。いまでもそう思う。尋常じゃない。ミミセンというあだ名はもちろん耳栓に由来している。彼はいつも耳栓をしていた。自分の叩く音があまりに大きかったからだ。叩かないときも——つまり普段から耳栓をしているので、話し声が通常の三倍くらいでかい。体型はいたって標準的で、性格も温厚でどちらかというと地味な男だった。しかし、事情を知らない者に、「なぜ、アイツはいつもあんなに興奮してるんだ」と不審がられた。

「ヤマシタ君！」と彼は三倍の声で言った。「いいこと思いついたんだけど！」「ぼくたち一緒に演奏したらどうだろう！」「きっと、すごいことになると思うよ！」

それで、一度だけコンビを組んで演奏した。

でも、ミミセンのドラムがあまりにすさまじく、自分の弾くベースの音が最初から最後まで聴こえなかった。ライブハウスでの演奏だったが、客はただ一人きりで、演奏が始まって五分と経たぬうちに席を立った。

終演後にミミセンは「なかなかよかったよ！」と三倍の声でおれの肩を叩いた。「ヤマシタ君は才能がある！」「ぼくは駄目だけどね！」「君はすごいよ！」「その調子でつづけたらいい！」

思えば、自分があんなに大きな声で褒められたのはあのときだけだ。といっても、こちらの耳にまったく聴こえていないのに、ミミセンにベースの音が聞こえていたとは思えない。でも、そんなことはどうでもよかった。ただひたすら楽しかった。一緒に演奏する喜びを知り、その喜びは、しかし、その一度きりだった。

ミミセンはそのあと交通事故に遭ってドラムをやめ、おれはまた一人に戻って、弾くことをやめてしまうまで一人で演奏していた。話し相手もなく、いつからかエレファントに話しかけるようになったのは、彼が自分の身の丈に近い楽器だったからだ。

どんなことを彼に話したかはもう忘れてしまった。覚えていたとしても忘れたい。

自分はただだらしなく、もう弾くのをやめようと決めたときも、彼を捨てることが出来なかった。売り払うことも出来ず、結局、下北沢のアパートを引き払うときに部屋の真ん中に置いてきた。そのあと、どうなったか知らない。

いまどこにいるのか、と問いかけても、もちろん答えは返ってこない。よみがえるのは、

「君はすごいよ！」と言ってくれたミミセンの声だけだ。

＊

そんなところへ、別の声が（すごいよ！）と携帯に届いた。三倍とまではいかないにしても、いつもよりメールの言葉がずいぶんと躍っている。

（すごいよ！　すごい！　ありがとう！）

妹からだった。

何がどんなに「すごい」のか、この文面だけではわからない。おそらく、ポータブル・レコードプレイヤーのことを言っているのだろうが。

ダイナマイト・シャツの彼の店で妹へのお返しを何にしようかと探していたとき、「これなんかどうです？」と彼が選んでくれたのだ。

「妹にレコードを聴かせたら、えらく目を輝かせて」と話すと、

「それなら、いいものがあります」と入荷したばかりのそれを見せてくれた。

古いものではなく新しい製品だという。ノートブック型のパソコンをひとまわり大きくしたくらいのコンパクトな筐体《きょうたい》に、レコードを聴くために必要なものがすべて備わっている。シングル盤とLPレコードのどちらも聴けるし、スピーカーも付いていて電池でも駆動する。この商品が流行った半世紀前の世の中では、屋内でも屋外でも、どこでもこれでレコードを聴いていた。

自分も一時期愛用していた。半世紀前ではなく、まさに一九八六年に。ノートにしっかり書いてある。

（こいつでシングル盤を聴くと、昨日買ったばかりのレコードが昔の音になる。少しチープな音がそれっぽい。86年が68年に化ける。まったく魔法みたいだ。こんなものがいまになって重宝されるなんて。）

驚いたことに、そんなものが現在になってもまだ販売されていた。妹が目を輝かすかどうかわからなかったが、他に何も思いつかなかったので、プリテンダーズのシングルと一緒に送りつけた。

（小さくてかわいいし）（すごくいい音）（魔法みたいで）（もっと聴きたくなる）

妹はそのあとも思いつくままメールを送ってきた。

（もっと聴きたい！）

自分もそうだった。毎日のようにレコードを買いつづけ、何を聴いたか覚えられないくらい聴いていても、（もっと聴きたい）とノートに書いた。いったい、何枚のレコードを買って聴いたのか、いまさらながら呆れ返る。買ったものは部屋のどこかにまだあるはずで、その気になれば、一九八六年に——妹の生まれた年に買ったレコードをノートの記述を頼りにひとまとめにすることも出来る。

どうせ、急ぎの仕事はない。次の締め切りは八カ月後で、それまでのあいだに、「冬の音楽」について考える必要もある。

言い訳をいくつか並べて、妹にメールを送った。

（レコードならいくらでもあるので、見つけたらまた送るよ）

すぐに返信がきた。

（取りに行ってもいい？　本も返したいし）

こうしたやりとりをダイナマイト・シャツの彼に御礼を兼ねて報告しに行くと、彼は

「お待ちしてました」と例によって白い歯を全開にした。

「昨日、実家の方で法事があったんです」

彼は足もとに置かれた段ボール箱を指差した。

「持ってきましたよ、一九八六年」

変な物言いだが、こちらには嬉しいセリフだった。きっと、こんな瞬間を自分は待っていたのだ。これこそ、けむり先生が予言した「未来」ではないか。

「妹さんにどうぞ」

彼は笑顔でそう言った。

妹に？　てっきり、自分のためにそのひと箱を用意してくれたのだと思い込んでいた。が、考えてみると、彼にはまだ何も言っていない。ノートのことも「冬の音楽」のことも。話してはいないが、いずれ頼むことになるかもしれないと胸の内では考えていた。一九八六年のあれこれについて。ノートに書いたことだけではなく、あのとき、世界がどんなふうに回っていたか——。

「どうですか」

彼は段ボール箱のふたを開いて中のものをひととおり見せてくれた。

新聞、雑誌、チラシ、菓子の空き箱。デッド・ストックのスニーカー、トランジスタ・ラジオ、カセット・テープ、そしてレコード。

彼の説明によると、いずれも一九八六年につくられたものだという。

「これを妹に？」

「触れるだけでも楽しいと思うんです。自分の生まれた年に——その年の空気の中にあったわけですから。触れるだけでその空気につながるような気がしませんか」

たしかに、それがあの年につくられたラジオなのだと言われると、スイッチをオンにすれば、当時のラジオ放送が流れ出すような気がする。

「そっくり、差し上げます」

彼は涼しい顔でそう言った。

「飽きたら、また僕が引き取りますから」

あくまで妹のためにだ。自分は「ついでに」で、マツヤマタロウの依頼状にあった「ついでに」の字が浮かんで消えた。

部屋に戻って、抱えてきた段ボール箱を机の上にうやうやしく置いた。壁に鋲でとめてあった依頼状を取りはずし、もういちどゆっくり読みなおす。

〈その音楽を奏でた人、あるいは、奏でた楽団の紹介文もついでに書いてください。〉

なんだか、「ついでに」が面白くなってきた。それに、ダイナマイト・シャツが頼もしいことを言っていた。「足りなかったら、まだあります」と。

「足りなかったら?」

「一九八六年の空気がです」

「君が売買しているのは、もしかして、そっちなのか。物じゃなく過去の空気——」

「そうかもしれないです」

机に置かれた何の変哲もない事務用段ボール箱のふたを開き、その中に手を差し入れると、エレファントに初めて触れたときのようにひんやりとしていた。

階下の路地からは、カセット・ジャックが奏でる螺旋をたどるようなうねうねしたおかしな旋律が聴こえてくる。

箱の中の自分の手が冷たい紙の束に触れ、いつから決められていたことなのか、紙の束を箱から取り出す自分の手つきは、まるで約束されたことをなぞるように動いていた。

紙の束を選り分ける。それらは当時、街のそこかしこで上演された芝居やコンサートのチラシだ。上質な紙に特殊な印刷が施されたものもあれば、ザラ紙にコピーされただけのゲリラ的な告知もある。選り分ける指先はザラ紙の質感に反応し、もはや何の告知なのか見当もつかない何枚かのチラシの中に、ずっと昔から知っていたような気がする名前を見つけ出した。

〈ソラシド〉。

ほとんど、破れかけたチラシの隅にその名があった。

ソ ラ シ ド

4

North Marine Drive

＊ため息の効用

かつて、自分のまわりは「僕」だらけだった。「おれは」「おれが」「おれの」は少数派で、ノートの中でも、自分を除けばわずか二名だけだ。

ひとりは杉山さんで、六本木六丁目に事務所があったので、皆から「ロクロクの杉山」と呼ばれていた。

「なぁ、ヤマシタ君。もし、手が空いてたら仕事があるんだけど」

ちょくちょくレイアウトの仕事をまわしてくれた。なんというか、足早な人で、足早に才能を発揮し、足早に女を変えて、足早に酒を呑んで足早に体が蝕まれた。いつ会っても貧乏ゆすりをしていた。

（一九八六年三月某日。曇り。寒い。杉山さんに呼ばれて六本木へ行く。杉山さんは「早く、早く」と言いながら右足をゆすっている。「おれさ、じつはいま本を書いてるんだけどね、自分でデザインするのはなんだから、ヤマシタ君に装幀を頼みたいんだよ」。いきなりそう言われた。）

しかし、ついにその本は書き上がらなかった。タイトルも決まっていたのに――。だぶだぶした上着のポケットから小さなスケッチブックを取り出し、杉山さんはボールペンを走らせて、「ため息の効用」と書いた。上着の下にもだぶだぶしたシャツを着て、当然のように（滑稽なくらい）だぶついたズボンを穿《は》いていた。

あの頃は何もかもがだぶついていた。誰もが道化めいた服を着て、いま思うと、よほど布地が余っていたんだろう。

「あのさ、おれがため息をつくと、事務所の連中がイヤな顔をするんだよ。おれは積極的に息を吐きたいんだけどね。おれはさ――いや、おれだけじゃなく人間誰しもね、たまったものを吐き出す必要がある。だから、風呂はすごくいい。風呂っていうのは、あれ、ため息をつくためにあるんじゃないか。シャワーじゃ駄目だ。熱い湯につかって、腹の底から息を吐くのが長生きする秘訣だ。おれはそいつを本に書いて皆に教えたい」

そう話すあいだも杉山さんは絶えず小刻みに足を動かしていた。そして、その足は休みなく訴えていた。

早く、早く、早く、早く、と。

＊

それから、時移って所変わり、「ハヤクハヤク」と駆けまわる男が、だぶついたズボンを穿いていたのは偶然だろうか。

「イマスグ、イマスグ」「オマタセ、オマタセ」

カタカナで表記したくなるぎこちない喋りを繰り出していた。

「なぜか、彼はいつも、ああして急いでいるんです」

ダイナマイト・シャツの彼が落ち着いた声で教えてくれた。いや、いつまでも彼を「ダイナマイト」呼ばわりするのはどうかと思い、いまさらのように名前を訊くと、「あ、僕はニノミヤです」と自らを「僕」と称した。

われわれは薄暗い店の隅にいて、年季のはいった木のテーブルをはさんで、それぞれのコップに注がれたものを惜しむように口に運んでいた。テーブルの上には破れかけた一枚のチラシがひろげられ、「ソラシド」と印刷されたその四文字を右から左から眺めていた。

「ということは、ヤマシタさんはこの人たちのことを御存知ないんですね」

「そう。見たことも聞いたこともない」

店には音楽がかかっていなかった。音楽の代わりに静寂が流れているかのようで、それはいいとしても、この酒場が何より妙なのは、あるべきはずの床板がないことだった。土の地面がむき出しになり、冷えきった土の匂いがする。構えとしては店のかたちを成していたが、どこかしら、いびつに歪んでいた。その青みがかった静けさの中に、ときおり思い出したように炒めものの音が厨房からジャージャーとまぶされる。

「僕がよく行く店でよければ」

ニノミヤ君に連れられて来たのだ。百人町から大久保通りを歩き、戸山ハイツに差しかかるあたりで右手の路地に迷い込むようにニノミヤ君は道から逸れた。

「タテ場の兄さんに教わった酒場です。〈トルネード〉っていう名前で。百年前からその場にしがみついているような店です。そこが新宿の果て、新宿の終わるところで、僕はどうもそういうところが落ち着くみたいです」

呑みに行こうと誘ったのは自分だったが、相変わらず酒は呑めないから、酒はついでだった。とにかく誰かに話したかった。この短いあいだに、「ソラシド」という名前をつづけて見つけたことを。

「つまり、それが気になるわけですね」

「どうしてなのかな」

「さて、どうしてでしょう」

「彼女たちはもうとっくに――」

「とっくに？」

「生きているかどうかも」

「生きてますよ。僕を見てください。このチラシと僕は同じ時間を過ごしてきたんです」

すきま風が背後から吹いてきた。荒野の一軒家にいるみたいで、月の下では、どうやら迷い犬が途方に暮れていた。犬は月を見上げ――推測だが――悲しげに鳴いているのが壁ごしにくぐもって切々と響く。

そんな荒野の果てから息せき切って走ってきたかのように、ハヤクハヤクの男が、われわれの注文した湯気の立つ料理を盆に載せてきた。彼だけが急いでいた。「オマタセ、オマタセ」を繰り返している。

「いま、わからなくても、あとになってわかることもあるんじゃないですか」

「何がわかるんだろう」

「何がわかるのか、探してみましょうよ」

「いや、しかし、探すといっても――」

唐突に「ヴォン」とにぶい音がした。

銀の匙がテーブルの端に置かれ、ハヤクハヤクの男がわれわれの脇に立って、湯気の立つ料理をこぼさないよう丁重に盆からおろした。めったに酒など呑まないが、頭上に吊り下がった電球の光に誘われたのか、コップ一杯を空にしたのはいつ以来だったか。

酔って霞み始めた頭を振った。頭の中身がスノードームのように舞い上がり、白い破片がひとしきり音もなく降り注ぐ。ただひとつ、「ソラシド」という言葉が着地できずに頭の中を漂っていた。

「この居酒屋はタテ場のシシドさんに教わったんです」

タテ場とは紙の墓場で、本や雑誌や新聞やチラシの類が行き着く最後の場所だという。

目の前のチラシもタテ場から拾い上げたものらしく、紙屑の山の中に、「宝石が埋まっているんです」とニノミヤ君は急にロマンティックなことを言って白い歯を見せた。

「シシドさんはタテ場の管理人で、あの人に頼めばたいていのものは見つかります。探してみましょうよ、商売は二の次で」

「いや、このあいだも無料でひと箱いただいてしまったわけだし」

「あれは妹さんにです」

しかし、彼は妹にまだ会っていなかった。同じ年の生まれであるというだけで、どうしてそんなに――。

「どうしてとか、なぜとかって、そういうのは、たいていでっちあげなんです。本当のことには理由なんてありません」

そうだっけ、としばし考える。

「さぁ、冷めないうちに食べましょう」

＊

そうだ、忘れないうちにノートの中のもうひとりの「おれ」について書こう。その名をチンパンという。本当の名は知らない。たぶん誰も知らないだろう。彼自身、自分が何者であるか忘れてしまったはずだから。

（一九八六年六月某日。曇り。風。松見坂の名物男＝チンパンを見かけた。これで三度目か。このあいだと同じく、バス停近くの郵便ポストをコンガに見立てて叩いていた。）

そのプレイはじつに軽妙にして巧妙だった。ときに重厚であり、攻めと引きをしっかりわきまえていた。優れたパーカッショニストが皆そうであるように――。

チンパンは殺し屋だったという物騒な噂もあったが、おそらく彼はミュージシャンで、それもアマチュアではなく音楽で身を立てていたに違いない。相当な腕前であることは郵便ポストを叩くリズミカルな指先の動きでわかった。

彼はポストのみならず、叩けるものは何でも叩いた。叩きながらよく歌っていた。意味の通らない歌詞をしわがれた声で、しかし、朗々と歌いあげた。

松見坂にいるあいだに何十回と彼を見かけた。路上生活者とは思えないほど身なりに気をつかっていて、どこから調達してくるのか、異様にだぶついたズボンや大ぶりのドレスシャツを見事に着こなしていた。

たとえば、ベルトの代わりに麻ひもを巻き、腰の脇で無造作に結んだ様など、かつてのステージ上での勇姿を想い起こさせた。ときに、ドラムスティック代わりの長箸を手にし、ガードレールを叩いて電信柱を叩いて電話ボックスを叩いた。その合間に踊るような身のこなしで路面にへばりついて自動販売機の下を覗き込む。首尾よく、転がり込んだ十円玉を見つけると、麻ひものベルトに結わいつけた化粧ポーチらしきものにジャラジャラと放り込んだ。そしてまた、叩きながら歌いながら次の自動販売機を目指す。

彼くらい自由に街を生きた者はいなかった。彼こそが街の賢者にして狩人で、彼にくらべれば、誰もが「僕は」「僕が」と口ごもる腰抜けだった。


（一九八六年、十月某日。曇り。〈ヤマナカ〉でコーヒーを飲んだあと、渋谷駅へ向かう途中で、めずらしくチンパンが路上の端で膝を抱えて座り込んでいるのを見た。深刻な顔でぶつぶつ言いながら、しきりに何かを思い出そうとしている。通り過ぎるときに耳を澄ましたら、「おれは」「おれは」と繰り返していた。）

彼は路上で何を食って生きていたのか。

いまもどこかでポストを叩きつづけているだろうか。ポストではなくボンゴやコンガを叩けば、それで収入を得られたはずだ。なのに、彼は記憶と引き換えに自由を手に入れた。言い換えるなら、自由を得るために記憶を手放した。

他人事ではない。日々の約束に縛られない自由はあっても、約束された当面の仕事がない。貯金もろくになく、さて、何を食って生き延びればいいのか。ピザをツケにしてもらうとしても、このままでは、いずれ家賃が払えなくなる。そうなると、ピザを出前してもらう居所すら失う。


件《くだん》のチラシが仕事用の机の上にひろげてあった。何ら特徴のない手づくりのフライヤーで、折りたたまれた跡があるのは、人の手に渡って何かに利用された痕跡だろう。折ったところから破れが生じ、「ソラシド」の四文字のぎりぎりまで迫っている。

何度見ても、ただ四文字だけだ。

他の出演アーティストの名に連なっているだけで、四谷にあった――いまもあるだろうか――〈ハット・トリック〉というライブ・ハウスの告知だった。自分にはまるで縁がなかったが、ベースを弾いていた頃に知り合った何人かは、よくそのハコで演っていた。観に行ったことがある。だから知っていた。その空気を。

黒い壁に囲まれて、どこか殺伐としていた。チラシによれば、あの狭い空間に一九八六年、四月五日、土曜日・午後五時半から数時間、ソラシドを名乗る女性デュオがいたことになる。

同じ日——二十六年前の自分が何をしていたかとノートを開いたら、四月最初の土曜日と思われる記述が見つかった。

(一九八六年四月某日。晴。土曜日で街が混み合っているので部屋でくすぶっていた。ベン・ワットの『ノース・マリン・ドライヴ』をA面からB面へ、B面からA面へと繰り返し聴いて一日が終わる。このレコード一枚から自分が読んでみたい小説が一ダースは書ける。逆に言えば、自分がいま読みたい小説は、読んだあとにこのレコードを聴きたくなるような文章で書かれたものだ。)

「おい」と、おれはノートの中の四半世紀前の自分に訊きたい。それはどんな文章だ？それを言葉にして言ってくれないか。それを言えるなら大したものだ。それを言えたら、とっくに書いている。

正直、行き詰まっていた。書かなくては食っていけないが、書きたくないものを書くのはなるべく避けたい。が、「なるべく」などと言っているうちはまだ余裕があったわけで、どこかで割り切らないと、いよいよ危うくなる。

でも、書けない。何を書いていいかわからない。

もし、ノートの中の若かりし自分が書くべきものを知っているなら、いまこそ教えて欲しい。それは何だ？

ノートを行ったり来たりし、そうするうちに、『ノース・マリン・ドライヴ』を聴きたくなった。部屋の中をひっくり返して探してみる。でも、聴きたいときに限って見つからない。

ノートの中で聴いているのは、当時、手に入れたばかりのＬＰレコードだ。あるときを境にＣＤでも聴いてきたが、もし、レコードやＣＤが見つからなくても、頭の中でかなり正確に再生できる。

それはいったい何だろう。

幻聴と呼ぶのは正しくない。視覚で言えば残像のようなものか。

といって、残響とは違う。となると、やはり記憶だろうか。

たとえば、読み終えた本を丸々一冊暗誦するのは至難の業だ。しかし、音楽はＬＰ一枚を丸々、記憶から再生できる。なぜ、言葉はこぼれ落ち、音は覚えようとしなくても記憶に留まるのか。

どうして——とあらためて考えるうち、ニノミヤ君が「本当のことには理由なんてありません」と酒場で豪語していたのがよみがえった。これまた不思議なことだ。脳裏に呼び戻されるのは言葉ではなく彼の声で、やはり音として記憶されている。

一度として、その音楽を耳にしたことがなく、ただその名前が「ソラシド」であることは知っていて、はたして、どんな音楽を奏でていたのか何ひとつ情報はない。

にもかかわらず、すでに「聴いてみたい」と願っていた。

思えば、ノートの中の自分はいつもそんなふうにしてレコードを買っていた。何の予備知識もなく、もちろん聴いたこともなくて、ただレコードの面構《つらがま》え＝ジャケットや演奏者の名前や曲のタイトルの響きに反応して買っていた。はっきり言って、賭けだった。ほとんど毎日買っていたのだから、毎日が賭けだった。

ベン・ワットもそうして手に入れた一枚だ。「ノース」「マリン」「ドライヴ」という三つの単語のつながりと、裏ジャケットで海辺にたたずむベン・ワットの素朴な面構えに、「こいつになら騙されてもいいや」と賭けに出た。

レコードを買うとは、そういうことだった。

もし、「ソラシド」がレコードを発表していたとして、当時、リアルタイムに興味を持ったら自分はどうしていただろう。すぐにレコードを手に入れて、ライブにも足を運んでいただろうか。


チラシの横に置いた携帯電話が青く発光した。妹からのメールだ。

(もう泣きたい。いまから行ってもいい?)

泣きたい? いまから? 時計を見た。午前0時をまわっている。

(いまから?)と急いで打ち返すと、

(じつは下まで来ています)と返ってきた。

窓をあけて首を突き出すとナンデモ屋の深夜の繁昌が始まっていて、人の数も人種の多彩さも昼間より一層にぎやかだった。そのカラフルな群衆にまみれて妹の小さな顔が、そこだけピントが合ったように浮き上がっている。

玄関から入って靴を脱いだとき、妹は右手にぶらさげていたものを玄関の壁に立てかけた。それは彼女に贈ったポータブル・レコードプレイヤーで、青と白で彩られたプラスティックのふたにアルファベットの「O」をかたどったステッカーが貼ってあった。赤い文字でかなりの大きさだ。

そろりそろりと部屋に入ってきた妹に、プレイヤーを指差しながら、「おう?」と訊くと、妹は振り返って、「おう」と答えた。

「どうしてOなんだろう?」

「Oって呼ばれてるから」

妹は所在なげに部屋の隅に立っていた。白いセーターを着て、オーバー・サイズのだぶついたジーンズを穿いている。妹の名は桜=さくらで、だからイニシャルはSなのだが、

「桜って、おうって読むでしょ」

「Sじゃないんだ？」

「そう。桜って名前は好きじゃないし」

知らなかった。自分としては、これまで一度として妹の名前を呼ばずにきたことを、どこか後ろめたい思いでいた。

「水を飲んでいいですか」

妹は冷蔵庫に冷やしてあったピッチャーの水をたてつづけに二杯飲んだ。

「ここに座って」と奥の部屋から椅子を持ってきたのに、立ったり座ったりと落ち着かない。「泣きたい」と言ったり、「眠たい」と言ったり、「つまらない」と言ったり。

「ため息をついてみるといいかも」

「わたし、ため息ってどうやってついていいかわからないの」

「じゃあ、レコードでも聴こうか」

「聴くなら自分のプレイヤーで聴きたい。でも、プリテンダーズとは違う、もっと静かな曲」

注文がいちいちうるさかった。

シングル盤を詰め込んだ段ボール箱をあさったところ、海辺のベン・ワットが歌姫トレイシー・ソーンとデュオを組んだエヴリシング・バット・ザ・ガールのシングルが見つかった。「ナイト・アンド・デイ」だ。夜も昼も。彼らの最初のレコードで、これなら申し分ない。

妹のプレイヤーにレコードをセットして針を落とすと、曲が始まった瞬間、妹が息を呑む音が聞こえた。

彼女はモノクロの写真があしらわれたジャケットを手にし、音に集中しながら写真にも見入っている。

写真は左に女性、右に男性を配していた。男はセミ・アコースティックの大きめのギターを抱えてつま弾き、女はその音色に耳を傾けている。しかし、そうした絵柄を読みとるには、目を凝らさなくてはならない。というのは、画面全体が異様に暗く、二人の表情はいずれもよく見えなかったからだ。特に男の方は、それが海辺のベン・ワットであろうと見当がつくからそう見えるだけで、見ようによってはボーイッシュな女性であるという説だって成り立つ。それくらい不明瞭な写真だった。

そんな不明瞭なものに反応してしてしまったのは、デュオであるという連想から「ソラシド」が思い出されたからだった。たとえば、彼女たちのポートレートがどこかにあるとしたら、あるいは、こんな写真かもしれないと勝手な空想が働く。

しかし、妹はまったく別の見方をしていて、

「この写真、わたしと兄ぃみたいじゃない？」

妹の手から奪いとってよく見ると、なるほど確かに自分たちに似ているかもしれなかった。暗いから本当はよくわからないが、わからないところが想像で補われてそう見える。

「このレコード、もらっていい？」

急にそう言われて、なんだか惜しいような気もしたが、

「もちろん」

気前のいい兄貴のふりをしたら、時間がループしたかのように机の上の携帯が青く発光した。ニノミヤ君からのメールで、「タテ場へ探索に行きませんか」とある。

「土曜日の夕方五時に」

無防備にそう読み上げたら、

「何があるの？　わたしも行きたい」

妹の方が意気込んでいた。どういう事情なのか知らないのに。

ただ、こうした成り行きにならなくても、ニノミヤ君が「妹さんに」と念を押した段ボ

ール箱を披露する必要があった。箱の中にあふれ返ったものが、どれも「君が生まれた年のものだ」と教えたら妹は歓喜するだろう。となれば、ニノミヤ君が何者なのか説明しなくてはならず、ついでに、「ソラシド」の偶然も話せば、その先にタテ場の探索がつながってくる。

それで、これまでのあらましを夜を徹して妹に話すことになった。

＊

土曜日の探索にしっかり彼女も参加し、西陽の射す夕方のタテ場に、自分とニノミヤ君と妹のシルエットが動きまわっていた。

風の強い夕方だった。

シシドさんのタテ場は東京のはずれ——新宿ではなく東京の終わるところにあった。あまりに広大で、都内の方々で回収された紙屑の山は遠目に白い丘の連なりに見える。近づけばすべてが紙であり、乗り上がって踏みしめると、足もとから白い荒野がひろがった。

「なにこれ。最高」

妹はあまりにはしゃいだせいで、白い丘の上でバランスを崩して倒れ込んだ。

「おうっ」と思わず呼びかけると、「はい」と返ってきた声の向こうに、風にあおられた紙屑がスノードームのように音もなく舞い上がった。

ソ ラ シ ド

5

Sledge-hammer

＊このレコードはそこから来ている

見渡した光景が白い紙の荒野であったからなのか、タテ場の責任者であるシシドさんが常駐している三畳間ほどの監視部屋は、失礼ながら、掘建て小屋というしかない粗末なものに見えた。

「おおい、そろそろだぞ」「もういいだろう」「陽が暮れないうちに」「おい、華麗だぞ、華麗だ、華麗だ」

シシドさんの声が風の音とあいまって白い荒野の隅々に届いた。それが証拠に、散り散りになって探索していた自分と妹とニノミヤ君は、それぞれの姿勢から頭をもたげて声がする小屋を遠く望んだ。「華麗?」と首をかしげながら。

いまにも地平に消えようとしている夕陽を指して「華麗」と言っているのだろうか。

しかし、小屋に戻ると、それがカレーライスを意味していたのだと香りでわかった。

「なんにもなくてねぇ」

シシドさんは小屋の真ん中に持ち出したスチール机にラップをかけた四皿のカレーライスを並べていた。

「これって、ショーリューの出前ですよね」とつぶやくニノミヤ君に、シシドさんは、うんうん、と頷きながら、大きなヤカンを手にして湯吞みに水をついでまわっている。

妹は湯吞みと並べられた割箸を取り上げ、「これで？」とシシドさんに確かめた。

「ああ、それな」とシシドさんは苦笑した。「出前の兄ちゃんがスプーンと箸を間違えて持って来やがってさ。すみません、すぐ持ってきますって言うから、いいよ、カレーが冷めちまうからって断った」

戸惑い顔の妹に、「すまんね」と付け足した。すまないのはこちらの方で、「ひと皿、四百九十円で安いから」と注釈のついたカレーはシシドさんがご馳走してくれたものだった。お世話になっているのはこちらなのに、と恐縮していると、

「いや、ここはおれの城だからさ。たまには、こうして振る舞いたいし、出前のカレーの少しぬるくなったのを食うのも、ひとりだとなかなか味わえない」

シシドさんの苦笑が微笑にうつろった。

「いただきます」「イタダキマス」「いただきましょう」

箸をあやつって食べはじめたカレーはたしかに少しぬるくなっていたが、四百九十円ならではの毒々しく真っ赤な福神漬けが大盛りで添えられていた。味については誰ひとり多くを語らない。黙々と食べながら、そのあたりに投げ出された箸袋を眺めていた。

〈昇龍〉とある。店名につづいて「御商談・御宴会」とあった。


小屋の窓からは夕陽がパノラマで暮れていくのが見え、その風景と、割箸で黙々とかきこんだカレーの味に覚えがあった。割箸を噛んだときの木の香りを覚えている。

あれはたしか——と記憶を探ろうとすると、シシドさんが、「ソラシドだっけ?」と野太い声を響かせた。「今日の君たちの探索はそれだったよな」とおさらいをするように。

「ああ」「そうです」と自分とニノミヤ君の声が重なった。「え、わたし、ちゃんと探したよ」と妹は眉を上げて澄ましている。

「でも、こんなにあったら、見つかるわけないでしょ」

「うん」「そうね」と、やはり重なって答える。

「探してるものは見つからなくて、探してないものが、次々と見つかる感じ」

「そうそう」とカレーを口に運びながらうわの空で同意した。

東京の終わるところにして紙の終わるところ——ニノミヤ君はこの場所をそう表現した。東京がどこでどう終わろうと知ったことではないが、紙が朽ち果てるところとなれば、さんざん紙を消費する仕事に加担してきた者としては一抹の感傷がつきまとう。

「よく訊かれることを、あらかじめ答えておくけどね」

シシドさんが割箸の先を宙に止めて皆の視線を集めた。

「うちのタテ場に集められた紙屑は、ゆうに半世紀分はあると思う。と言っても、もちろんすべてってわけじゃない。もし、この国のこの半世紀に出まわったすべての新聞、雑誌、書籍が集まったら、東京どころか、国からはみ出してしまうからね」

「想像できない」と妹。「半世紀とかって」

「ヤマシタさんの人生すべてですよね」とニノミヤ君がいやなことを言った。たしかにそのとおりだが、まるで実感がない。

この五十年に生産されて消費された印刷物の何十パーセントかがここへ流れ着き、日々、白い地層をつくりつづけている。わずかな時間ではあったが、タテ場に立って、体感することは出来た。

仮に「五十」という数字を持ち出さなくても、踏みしめる紙の地層にいちいち見覚えがあった。この地層のあらかたは、自分がかつてレイアウトした誌面で出来ているのではないかとすら思う。

「それで最後にどうなるんです?」

妹がシシドさんにもっともなことを訊いた。

「死んだり生まれ変わったり」とシシドさん。「人間と同じだよ。どこかの偉いセンセイが言ってた。人の半分は死んで土になり、もう半分は再生されてまた人になる」

そういえば、タテ場へ来る道すがらに、あらかじめニノミヤ君から聞いていた。

「シシドさんは大変な読書家ですよ。一見、そんなふうに見えないんですが、なにせ、見渡す限り文字で埋め尽くされたところにいるんですから」

「土になるか、生まれ変わるか」

シシドさんは歌のサビをリフレインするように繰り返した。皿の上に食べ残されたカレーライスを割箸ですくいとって口へ運び、口の端に福神漬けのかけらをこびりつかせて宙を見ていた。その目の輝きが、あのチンパンに似ている。

あれから、われわれの街は信じられないくらいグロテスクにねじ曲げられた。チンパンのような自由に生きる者たちが行き交う隘路《あいろ》はことごとく塞がれ、はたして彼らはどこへ行ったのか。自分が知らないだけだろうか。東京の果てに、こんな広大な紙の墓場にして楽園があるように、彼らの行き着くところが、どこかに用意されているのか。

それとも、チンパンはもう土に還ったか生まれ変わったか。

その最期のとき、彼は自分が何者であるか思い出したろうか。たとえ記憶を失っても彼の体に音楽は残っていた。もし、彼の魂が更新されてあたらしい容れ物に注ぎ込まれたら、再生されたあたらしい彼は自分の体内から聴こえてくる音楽に気づくだろう。

「またいつでも来たらいいよ」

タテ場の門からシシドさんに送り出され、二十分ほど歩いたところにある停留所から帰りのバスに乗った。まだ八時にもなっていない。バスはそれが最終で、客は確かめるまでもなくわれわれ三人だけだった。

すさまじく揺れる車内は水底のように薄暗く、窓の外は完全な暗闇で、街灯すらろくに見当たらなかった。いったい、運転手は何を目印に走っているのだろう。

訝《いぶか》しむ自分の顔が映り込んだ窓の向こうに、それが目印なのか、悲しいくらいささやかな灯りがひとつ見えた。バスはその灯りを目指して走っていく。

灯《あか》りはどうやら道の端に構える飲食店のそれで、闇の中に看板灯が煌々と輝いていた。〈昇龍〉とある。じつに小さな店だった。本当に「御宴会」など開けるのだろうか。

みるみるショーリューの灯りは遠のき、空の星と同じくらい小さくなって、名ごり惜しむ間もなく見えなくなった。

＊

（一九八六年五月某日。晴。朝、母から電話があった。もしかして、春三さんがアパートで死んでるといけないから、あんた、悪いけれど見に行ってくれない？——まったく同じ内容の電話を母は去年の暮れから四度もかけてきた。二度目のとき、仕方なくアパートへ行ってみたが、伯父さんはもちろん生きていた。今日も夕方にいちおう行ってみたが、もちろん生きていた。）

タテ場の小屋で思い出したのはその夕方だった。

夕陽を浴びた春三伯父さんの部屋はオレンジ色に染まり、いつの間に頼んだのか、岡持を提げた出前の青年もオレンジ色で玄関に立っていた。

「毎度」とカレーが玄関にふた皿置かれ、「いつもどおりツケといてくれ」と声を上げた伯父さんに、「そろそろ、払いの方、お願いしますよ」と青年は伯父さんを見下したように言った。それが気に入らなかった。だから、カレーの味は大して記憶にない。が、青年がスプーンを忘れ、代わりに持ってきた割箸で食べたことは覚えていた。箸を嚙んだ感触もよみがえってくる。


伯父さんの部屋にはスプーンはおろか、ほとんど何もなかった。伯父さんにとって、スプーンやフォークやナイフといったものは自分を生活に縛りつけるものでしかなく、そうしたものをことごとく拒否していた。六畳一間には、おびただしい数のワインの空き瓶と、着古してひじの抜けかかった一張羅《いっちょうら》の黒い上着しかなかった。

伯父さんは母の兄だったが、二人はまるで似ていなかった。若い頃の伯父さんは異様なほど精力的で、「スケベ」と母はひと言で評した。

「自分は千人の女と寝た」とたびたび吹聴し、女性たちの前でも自慢げに話した。普通ならそこで警戒されるところだが、どういうわけかそうならなかった。色気のある人だった。

「どんな仕事をしていたの？」

オーに――妹に訊かれて、言葉に詰まった。

「そう――まぁ、スカウトって言えばいいのかな。夜の女たちの」

「じゃあ、千人っていうのはお試しってこと？」

いきなり大胆に言い当てたので驚いた。

そもそも、なぜ妹に――いや、やはりオーでいい――なぜ、オーに春三伯父さんの話をしたかと言うと、「もっとレコードが聴きたい」とやって来て、「これはどんな？」と彼女が選んだレコードが、偶然、「一九八六年五月某日」の記述につながっていたからだ。

その日、出前のカレーライスを食べていると、隣の部屋から壁ごしに聞こえてきたのがその曲だった。

「これが、そのときのレコードってこと？」

オーの言い方は、その隣人が所有していたレコードそのものを指しているかのようだった。まさかそんなわけがない。そのあと、レコード屋でかかっていたのを耳にし、「あ、これ、このあいだの」と買ったものだ。

「でも、このレコードはそこから来ているってことなんだよね」とオーの驚きは変わらない。

「そこから来ているっていうのは大げさだけどね」

「でも、わたしにしてみると、自分がこれまで生きてきた時間を一瞬ですり抜けて、そこからここへ届いたみたい。ていうか、兄ぃの部屋、寒くない？」

オーは羽織っていたオリーブ・グリーンのモッズコートを毛布がわりにして首から下を覆っていた。

「わたし、すごくうらやましいんだけど、伯父さんって」

「いないんだっけ？」

「母は兄弟も姉妹もいないし、父にもいなかったでしょ」

「そうか、理恵さんはひとりっ子なのか」

「あの人――」と言いかけたところで、オーは突然、小さなくしゃみをした。「あの人」と言いなおしてからまたひとつ出て、「このごろわたし、よくわからなくて」とさらにもうひとつ出た。

「風邪、ひいた？」

「ひいたかもしれない。今日はもう帰る」

「レコードはどうしようか」

まだ聴いていなかった。

「また今度、聴きにきます」

そういうわけで、結局、そのレコードはターンテーブルに載ったままになった。

ピーター・ガブリエルの「スレッジハンマー」。一九八六年を回顧する音楽番組があったら、間違いなくあの一年を象徴する曲として紹介される。実際、うんざりするほど聴いたり聴かされたりした。あのとき、壁ごしに聴いた曲が、まさか、どこへ行っても聴くことになるとは——。

「わたし、一人で大丈夫だから」「兄ぃにうつると悪いし」

オーはふらつきながら、「平気、平気」と言いのこして帰っていった。彼女が座っていた椅子はまだあたたかく、飲み残したコーヒーのカップもまだあたたかい。子猫のようなくしゃみの音と、理恵さんのことを、「よくわからない」と言った声も耳に残っていた。

「よくわからない」と自分もまたノートに書いた。

理恵さんに初めて会ったときのことだ。いまは、理恵さんといえばオーの母親のことだが、初めて会ったとき、オーはまだ影もなく——いや、影はもうあって、理恵さんのお腹の中にしっかりと存在していた。

だから、もちろんそのときすでにオーの母親であったとも言えるが、ノートの中の理恵さんは、一貫して「父の恋人」だった。

実際は父が再婚した相手で、不本意ではあるけれど、自分にとっても母親と呼ぶべき存在だった。が、理恵さんはあくまでオーの母親で、自分の母親は「スケベな兄を持った」あのひと以外にない。そう考えると、オーと自分が死んだ父を正しく「父」と呼んでいたのが嘘のように思える。いや、嘘のようだが本当で、思えばそれは一九八六年に始まっていた。

（一九八六年五月某日。晴。父に呼び出されて、父の恋人の理恵さんに会う。いい人だけど、少し変わっている。よくわからないところもあるし。でも、それは母にしても同じことで、父にしても自分にしてもそうだろう。誰ひとりまともじゃない。もうずいぶんとお腹が大きくなっていて、弟なのか妹なのか。父の再婚は自分に関係ないことと思っていたが、どうやらそうでもない。)

理恵さんの年齢は自分よりひとつ下と知らされていたが、とてもそうは見えなかった。大人びて落ち着いて——言い方を変えると、「肝のすわった人」だった。何ごとにも動じない。父が急に倒れてそのまま亡くなったときでさえ、理恵さんは斎場の控え室で、「なんだか、かんぴょう巻きが食べたいの」と笑っていた。そのあとすぐ、骨となった父を見るなり気絶してしまったのだが。

＊

ニノミヤ君の店の看板にNinomiyaとごく控え目な横文字がペンキで描かれたのを認め、「いい看板だね」と言いながら店に入っていくと、「ちょうどいいところにいらっしゃいました」と彼はハナから得意げな面持ちだった。

「ちょうどいいって？」

「いえ、早くも御報告がありまして」

手もとをがさごそやって何か探している。

「もしかして、ソラシドの」と先走ると、「いえ」とつれない返事。「じゃあ――」

「オーさんからです」

「オーさん？　って、妹のこと？」

「ええ、決まってるじゃないですか。オーさんから待ちに待ったメールが来たんです」

なるほど、そうなのか。

ぜひ、また三人でタテ場に行きましょうとニノミヤ君はピクニックの計画でも立てるように張り切っていた。それにはこうした訳が――若い二人の交遊というか、交際というか、もしかして恋愛なのか、何かそういった訳があったのだ。

考えてみればもっともな話で、「ソラシド」がどうのこうの、探索がどうしたこうしたと言っても、探索者本人の自分にしてからが、さて、いったい何をしているのか、と自問だけして自答がままならない。

このあいだは、タテ場そのものへの関心が先立ち、「探索」などとうそぶいたものの、二度目となるとそうもいかなかった。にもかかわらず、ニノミヤ君が「行きましょう」と誘ってくれるのは有難いが、どうも何だかおかしいと思っていた。

そうか、「そういうことだったのか」と思わず声に出る。

「いえ、違いますよ」

ニノミヤ君は得意げな顔のまま涼しげにはぐらかした。

「これを見てください」

彼の「見てください」が出たときは、たいてい、「ほう」と身を乗り出すようなモノがあらわれる。

「見つかったんです」

B5サイズの茶封筒を抜き出し、中から一枚の紙片を取り出した。

それは映画の宣伝チラシで、ニノミヤ君が言うには、映画関係のコレクションから、一九八六年に製作されたものだけを選って見つけたものだという。

「ほら、ここです」

小指の先で示された小さな文字を追うと、細かいクレジットの末尾に「音楽：ソラシド」とある。

「ほう」と身を乗り出した途端、携帯がメールの受信を告げ、その受信音は自分のものではなくニノミヤ君の携帯だった。素早く確認した彼は、「おっ」と声をあげ、「本当に来ましたよ、オーさんから」と白い歯を全開にしている。

「こう書いてあります――(兄ぃに伝えてください)って」

どういうことだろう。なぜ、直接、こちらに送ってこない?

「(ソラシドのことです。母が知っているみたいなんです)」

理恵さんが――。

「(昔、聴いたことがあるって)」

6

Seagulls Screaming Kiss Her Kiss Her

＊二人とも男の子みたいな女の子だった

理恵さんに最後に会ったのは、父が急死して、ふた月ほど経ったころ、「顔が見たい」と呼び出されたときだった。二十四年前のことだ。

「一緒に昼御飯を食べましょう」と理恵さんが指定してきたのは、新宿にある高層ホテルの四十五階だった。城塞アパートの六階を「空中」と呼んでいた自分にしてみれば、四十五階は、空中どころか天国に近い。

わざわざ、そんなところで昼飯を食べるというのが、少し変わったところのある彼女らしく、実際、理恵さんはそのレストランを愛用していたのか、いつもここで、といったふうに窓ぎわの席にしっくりおさまっていた。

あるいは、彼女も上空を想っていたのかもしれない。天国の父に近い場所として。

「これを食べましょう」

理恵さんはメニューをめくり、「私もそれにしますから」と帆立貝のグリルを指差した。彼女の低目だがよく通る声で、「食べましょう」と誘われたら無視できない。

メニューに配された写真を眺めると、帆立貝の殻の上にクリーム色の正体不明なものが載っていた。どこからどう見ても自分にはまったく縁のない食べ物だ。

「建造さんの好物だったから」

それなら、なおのこと自分には縁遠い。建造は父の名で、いかにも、父が好みそうな料理だった。

「じゃあ、それにします」

理恵さんは、どうもおれの顔に父を探しているようだった。「顔が見たい」というのがそういう意味なのだとしたら、自分はもうこれで理恵さんと会うことはないだろうと複雑な思いになった。

それで、窓の外ばかり見ていた。

そのときの眼下の風景――ガラスごしにひろがる東京の俯瞰が、それから、ときどき不意に思い出された。

「今日は桜を連れてこなかったの」

理恵さんも窓から外を見おろしていた。

「母に預けてきました。なんとなく、一人であなたに会いたかったから」

その言葉に心臓が躍り出し、まともに話せなくなった。

というか、理恵さんの前ではいつでもそうだった。本当のことが言えなくなる。本当のことを言ってしまうと取り返しがつかなくなりそうだったからだ。彼女は父の恋人であり、恋人はすぐに妻になった。そのうえ、母にまでなって、「もし」と自分に何度も訊いた。

もし、そうじゃなかったらどうだったろう――。

彼女が父と仲睦まじく腕を組んだ姿が頭をよぎる。そういうとき、都合よく父の顔は消えていて、片手で数えるほどしか会っていないのに、理恵さんの顔や仕草だけが記憶から浮かび上がった。

とりわけ、その日の窓ぎわの彼女は印象に残っている。

絵に描いておきたいような横顔だった。

思えば、初めて会ったときは父もいて身重だったし、次に会ったときには、もうオーを抱いていた。だから、一人でそこにいる理恵さんはそれが初めてで、それまでの印象よりずっとスマートで若々しく見えた。

「お母様はどんな御様子ですか」

横顔からこちらに向きなおって首をかしげた。

「ここのところ、母には会っていません」

母の住む小さな町を眼下に探していた。

その町で自分は生まれたのだが、生まれ育ったところを空の上から見たことはない。いまなら、四十五階までのぼらなくても、パソコンの画面上で簡単に俯瞰できる。母が一人で住む一軒家の屋根と、いわゆる猫の額ほどの小さな庭と、庭の隅の物置小屋の青い屋根まで確認できた。


父が急死したのは三月の終わりだった。

母の家に立ち寄ったのは、それから八カ月後の十一月。

母と父は、父の奔放さ——それは、ほとんど女性に関わっていた——が原因で長い別居生活を経て離婚していた。離婚からすでに五年が経っていて、母にとって父はすでに死んでしまったも同然だった。だから、特別な感慨はなかったと思う。少なくとも表向きは。

理恵さんは母親のような口ぶりでおれの口もとを見ていた。

そのとき、ふと気がついたのだが、そこが彼女の定席であったなら、自分がいま座っている席に父が座っていたことになる。

「どうですか、味は」

味はまったく覚えていなかった。積極的に忘れることにしたからだ。おそらく複雑な味だったと思う。美味しいとか、まずいなどと簡単には答えられない。好きなのか、そうではないのか、という自問に答えられないように。答えを出したくなかった。出せるはずがない。出せないいまま時間が流れ、しばらく距離を取ることを選んで、「しばらく」は、どこまでも引きのばされてここまできた。

そのせいか、それとも、そのせいではないのか、自分にはもう判断がつかない。これまでまともな恋愛をしたことがなく、いずれも長くつづかなかった。

「誰か他のひとのことを考えてる？」

「そのひとと、わたしを比べてない？」

「何か隠していることがあるでしょう？」

「おいしい？」

たぶん、どれも当たっていた。長くつづかなかったすべての女性たちにそう言われ、皆、不審そうに離れていった。彼女たちの指摘にひとつも答えられなかったからだ。

でも、答えられなかったのは、ありのままで、何かを隠したり偽っていたわけではない。

本当に答えられなかった。

＊

理恵さんはオーのメールを介して、以前とは違う別のホテルの五十二階を待ち合わせ場所に指定してきた。同じような昼間の時間の同じような窓ぎわの席で、当たり前のように差し向かいになった。

理恵さんの印象はほとんど変わらない。長いこと会っていなかったとは思えず、窓からの光をテーブルクロスが適度に吸収して反射し、やわらかく変換された光が青みを帯びて瞳に宿っていた。

「桜も一緒に連れてくるつもりだったのに、あの子、すごく嫌がって。どうしてなの？　だって、あなたたち、最近、仲がいいんでしょう？」

「いや、そんなには――」

理恵さんは髪を短くし、変哲もない白いシャツの上に濃紺のセーターを着ていた。

「いいんです、私は仲間はずれでも」

冗談めかして、さみしげに笑った。

その窓ぎわは二十四年前の窓ぎわから西へ数百メートルのところに位置し、正確な数字は知らないが、高さにもかなりの差があった。ようするに、より天国に近づいている。

「お母様はお元気ですか」

同じような会話が繰り返された。

「ええ。ここしばらく会っていませんが」

同じように繰り返し、いまも母が住んでいる実家のあたりを見おろした。

「私たちがいま住んでるのは――あのあたりかな」

理恵さんはビルの足もとにかなり近いところを指差した。

「あなたがいま住んでいるのは――」

五十二階の高さから眺めると、理恵さんが示したところとほとんど隣り合わせの区域だ。

一見して、無数の雑居ビルが地面にへばりついている。

「ここからは、なんでも見えるような気がします」

理恵さんの声がかすれていた。

「余計なものが老眼で見えなくなって」——そこで少し笑い——「時間も場所も変わっていないように見える」

遠くのものを確かめるように目を細めた。

「私が通っていた高校はあのあたり。予備校はあそこかな。で、建造さんに声をかけられたのは——」

建造さん、と理恵さんは以前と変わらず、なめらかにその名を口にした。

「もう一度結婚して、もう一人子供を生んで、料理上手のいいお母さんになろうと思ってたんだけど」

無意識だろうが、ところどころにため息がまじる。

「どうしてうまくいかないのかしらね。あなたの方はどうしてました？　結婚はしてないんでしょう？」

「ええ、こっちも同じで、うまくいってません」

窓の外のあちらこちらへ視線を移して理恵さんの真似をしてみた。

「あっという間に時間が経っちゃった」

理恵さんの声はやはり少しかすれていた。

「だから、ここからこうして見ていると、下の方では、まだ昔どおりの時間が流れてるような気がする」

「今日はそれを訊きにきたんです」

「うん。でも、ほら、正確に思い出すためには、いろいろと順番があってね——」

目の前のテーブルに白いカップに注がれたコーヒーが並んでいた。

「その店ではいつも、まずいコーヒーを飲んでいたんだけど」

「え？　まずいコーヒーですか？」

「かっこつけてブラックにしてね。〈ガルボ〉っていう名前の店。そう——」

理恵さんは眼下の風景に向けて身を乗り出した。

「場所はたぶん、あのあたり」

南側のすぐ足もとを指差し、「南新宿と代々木のあいだ」と口をへの字にすると、頬にえくぼが出来た。

「最初は予備校に行くのが嫌で、いつもサボって〈ガルボ〉でコーヒーを飲んでた。生意気に図書館から借りてきたブローティガンとか読んでね。でも、それはまだ高校生のころ。ソラシドを〈ガルボ〉で聴いたのは、それから五、六年あとのことじゃないかな。いまのオーみたいにバイトをして暮らしていたとき。だから、予備校にはとっくに通っていなかった。それでもサボりたい気分になると、反射的に自分がいつも座っていたソファーの感触がよみがえって、それで、つい行っちゃうの。いまでも、あったら、きっと行ってる」

「じゃあ、いまはもうないんですね」

「いつのまにか別の店になっちゃって。いまも喫茶店なんだけど、名前も変わって変に小綺麗になって。前を通るだけで入ったことはないの。たぶん、コーヒーもおいしくなってるんでしょうね。だから、そこはもう〈ガルボ〉じゃなくて——でもそうか、せっかくだから、近いんだし、行ってみましょうか」

突然、声をはずませて顔をあげた。

「行きましょうよ」

そう言って、立ち上がった。

＊

〈ガルボ〉から生まれ変わったその店は〈ミント〉という名の喫茶店で、「意外に変わってない」と理恵さんは店内を見渡した。どうやら内装だけ変えて仕立てなおしたらしい。

「私がいつも座っていた椅子の位置も変わってない」

理恵さんは細長い店の奥まったところにある席に辿り着き、「そう、たしかそうだった」と左右を確認して、なぜか足踏みをした。

「ここ、ここ」

その様子はタテ場で嬉々としていたオーにそっくりだった。親子なのだから似ているのは当然だが、親が子に似ている、と感心するのは順序が逆かもしれない。

理恵さんは椅子に腰かけて確信を得たように頷いた。

「いつも、ここにこうして座ってた」

あらためてコーヒーを注文し、あらためて理恵さんと差し向かいになって、いかにも現代風に成り代わった店を彼女は眺めていた。理恵さんはかつて、この席でソラシドの曲を聴いたという。

「どんな曲でした?」

「それがねぇ」

急に顔を曇らせ、大げさに腕を組んで眉をひそめた。

「オーからあなたの話を聞いていたら、ソラシドという名前が出てきて——」

理恵さんも彼女を「オー」と呼んでいるようだった。

「ひさしぶりに思い出して記憶を辿っていたんだけど、あんまり演奏が素晴らしくて見とれちゃったんで、曲の方は覚えてないの」

「見とれちゃった？」

「そう、目が離せなくなって。もちろん、歌もよかったんだけど、ベースをね、大きなベースを抱えた女の子が、男の子みたいに力強く弾いているのがすごく印象的で」

「ちょっと待ってください。理恵さんは彼女たちが——ソラシドの二人が演奏しているのを見たんですか？　どこで見たんです？」

「だから、ここで。この席で」

「ここで？」

「そう。〈ガルボ〉は昔から無名のミュージシャンを積極的に紹介していて、その頃は夜に生演奏を聴かせる店になってたと思う」

「聴いたことがある、っていうのは、そういう意味だったんですか。観たんですね」

まったく雲をつかむような存在だったソラシドの二人が、いきなり体温をともなって目の前に立っているようだった。

いま自分がいるこの場所で、彼女たちは演奏していた。雑誌やチラシの中だけではなく、四半世紀前の南新宿の片隅に存在していた——。

「それって、正確にはいつのことなんだろう」

「建造さんと知り合う直前だから、85年の半ばぐらいかな、私が二十二歳のとき。本当にレコードとラジオばかり聴いていた」

＊

部屋に戻って、息をつく間もなく真っ先にノートを開いた。

一九八六年のノートではなく、あたらしいノートの表紙に〈ソラシド〉と記し、理恵さんから聞いた話を忘れないうちに書きとめた。

〈理恵さんは一九八五年の六月ごろ、二度つづけてソラシドの演奏を観ている。一度目は何の予備知識もなく偶然に。たまたま店に居合わせ、店がライブの時間になったので、そのまま観客となった。彼女の他に客は四、五人のみ。拍手もほとんどない中、「ソラシドです」と二人組が現れた。ギターを弾きながら歌う彼女と、歌は歌わずに、ひたすら黙々と大きなベース——ダブル・ベースだ——を弾きつづける彼女。

フォークやポップスの類ではなく、ブルースやジャズに寄った印象で、二人はまだ若いようだったが、演奏も歌も見た目よりずっと大人びていた。「少し渋すぎたかも」というのが理恵さんの感想だ。

「いま聴いたら、もっと楽しめると思うけど、なにせ、私もまだ二十二歳だったから」

少々、難しい音楽に聞こえたらしい。でも、聴くうちに、観るうちに、即興的な演奏の見事さに魅かれ、特にベースの彼女のプレイに釘付けになった。全部で十曲ほど演奏し、最後の曲の前に次回のライブが告知された。理恵さんはすかさず手帳にメモをとり、次も必ず観に来ようと決めた。

二回目は二週間後。

同じ〈ガルボ〉で同じ時間に。やはり観客はまばらだったが、そのとき彼女たちはカバー曲に加えて何曲かの自作を披露した。そのオリジナル曲がどれも素晴らしく、もしかして自分はいま大変な才能に出会っているんじゃないかと理恵さんは予感した。いまはまだこんな小さな店で数少ない客を相手に演奏しているけれど、いずれ彼女たちは世に認められて多くの観客を魅了する。きっとそうなる。次のライブも必ず観なければ。〉

「でも、観なかったのよねぇ」

「どうしてです?」

「あなたのお父さんに出会っちゃったから。そっちに夢中になって、他のことが全部見えなくなって」

もし、父がこの世に存在しなかったら、理恵さんはその後もソラシドを追いつづけていたかもしれない。そうであったら、さらに詳しい話を聞くことも出来ただろう。が、父がいなければ、理恵さんと知り合うこともなかったし、なにより父がいなかったら自分もまた存在していなかった。

〈どんな曲でした? と再三、理恵さんに訊いてみたが、もうひとつはっきりしない。英語で歌われた曲もあったというが、自作曲は日本語で、「歌詞が思い出せそうで思い出せないの」と理恵さんはもどかしげに額に手をあてた。〉

「英語の歌はカバーだったんですか」

「たしか、そう。いま思い出したんだけど、私の好きなXTCの曲を演奏したからすごく驚いたの。ジャズ風にアレンジされていたんで最初は気づかなくて、シーガール」と理恵さんは口ずさみ、「というところを聴いて、あ、これXTCのカモメの歌じゃないって」

「シーガール」と思わずつられて自分も歌っていた。

理恵さんもあれを好きだったとは。でも、考えてみれば自分と理恵さんはひとつしか違わない。あのころのあの空気を、ほぼ同じ年齢で同じように味わっていた。そのうえ、世間に背を向けるようにまずいコーヒーを飲んでいたのだから、同じ音楽が頭の中で鳴っていたとしても不思議ではない。

その「カモメの歌」は松見坂に引っ越したころの愛聴盤だった。常時、プレイヤーにレコードが載ったままで、ストーブをつけても息が白くなる部屋でインスタント・スープをすすりながらよく聴いた。外を歩くときも、やはり白い息を吐きながら頭の中で鳴っていて、「軽快」の対極にある曲だった。チャーミングではあるけれど、どこか奇妙に歪んでいる。およそ女の子の二人組が好んでカバーするような曲ではなかった。

〈彼女たちがカバーした曲は、いずれも個性的な曲ばかりだった——というのはあくまで推測だが、二度目のライブで演奏されたカバー曲の中にXTCの「シーガルズ・スクリーミング・キス・ハー・キス・ハー」があった。この歌の主人公は雨の降る海岸で、あたりに浮遊するカモメたちに、「彼女にキスをしろ」とけしかけられる。カモメは執拗に叫ぶ。「ためらうな!」と。ソラシドはこのにぎやかな歌を、理恵さんいわく「ビリー・ホリディみたいな歌い方でゆったりしたジャズ・バラード」にアレンジした。〉

オリジナルはいまでもすぐ頭の中に呼び戻せる。オリジナルに重ねてダブル・ベースが典型的なウォーキング・スタイルで弾かれる様が気持ちよく想像できた。選曲もさることながら、ジャズに仕立てなおしたアイディアに意表をつかれる。いまにも聴こえてきそうだった。いや、ぜひ聴いてみたい。

〈「どこか恐いようなところもあって、それでいてあたたかくて」「あの時代らしく適当にとんがってた」「ただ、あの時代にしては、そっけない格好をしていた。二人とも。白いシャツに黒いジーンズとか」「いま思うと、私の方がよっぽど変な服を着てた」「ギターの子が曲の紹介をして、ベースの子はひと言も喋らなかった」「二人とも、男の子みたいな女の子だった」〉


「他に何か覚えていることは？」

「他にねぇ——なにしろ、ベースがすごくて、彼女ばかり見ていたから」

「じゃあ、どんなベースでした？　形とか色とか」

〈「熊みたいに大きかった」と理恵さんはそう表現した。弾いている彼女が痩せていたせいもある。ボディの塗装が熊の毛並みに似ていて、全体が焦げ茶色で傷がたくさんあった。傷は黒々として、亀裂のようにも、稲妻のかたちをした模様のようにも見えた。〉


そこまでノートに書いて、ふと手がとまった。

色も傷の具合もまるでエレファントじゃないか――。

おれはエレファントをアパートの部屋に無断で置いてきた。楽器に関心のなさそうだったアパートの大家は、持て余した挙句、粗大ゴミに出しただろう。夜ふけの暗い路上に。たとえば、それを誰かが拾っていったりしなかったか。

拾った者が中古楽器店で金に換え、見るからに素人が施した塗装と、おびただしい傷のダメージから格安で店頭に並べられる。それを彼女が――ソラシドのベーシストの彼女が手に入れた。

この妄想を現実と照合するなら、時期としては一九八六年の初頭に当たる。だから、辻褄は合わない。理恵さんがソラシドを観たとき、エレファントはまだおれの手もとにあった。

しかし、妄想するのは自由だ。

ノートの上でとまっていた手を妄想がそそのかす――。

〈自分の体より大きな楽器を、なぜ弾けると思ったのか、痩せ細った彼女はわからなかった。でも、それが二人の音楽には必要なのだと信じ、とても手が出ない高価なものだったが、毎日、中古楽器店を探し歩いて、ついに見つけ出した。〉

〈彼女は格安で手に入れたその大きなダブル・ベースを熊ではなく象のようだと感じ、自分だけの呼び名として、「エレファント」と名づけた。〉

ソ ラ シ ド

7

Blue Chair

＊誰も聴いたことのない音楽

（聞きたいけれど聞きたくないです）

オーがメールを送ってきた。

（ソラシドのこと）（というか、二人で話したこととか）

オーの言う「二人」とは、おれと理恵さんのことを指している。

メールはほとんど五分おきに届き、思いついた言葉を思いつくまま送ってきた。

（会って話したいような）（でも、会いたくないような）（なんだか、ずるい）（すごく変な気持ちになる）

オーに言いたかった。ずるいことなんて何もないし、「すごく変な気持ちになる」のはこちらも同じだ。はっきり言って、二十六年間ずっとそうだった。

（会おう）とオーにメールを返した。

（会いたくない）とすぐに打ち返してきた。

（おれは本気でソラシドを探したくなってきた）と打つと、

（「ママ」が助けてくれるでしょ）とそっけない。

オーはこれまで母親のことを「ママ」と呼ばなかった。しかも、カギかっこが付いている。もしかして、おれの理恵さんに対する複雑な思いを嗅ぎとり、意地悪く茶化して「ママ」などと書いたのか。つまり、怒っているのか。

話を逸らして、（風邪はどう？）と打つと、ややあって、（なおりました）と返ってきた。

（それはよかった）（でも、バイトはそのまま休んでる）（じゃあ、会おう）（わたしは会いたくない）（「ママ」じゃなくて、おれはオーに助けてほしい）（でも、わたしは何もお手伝い出来ないし）（そうじゃなくて、一緒に探したい）

間があった。

しばらくして、思いがけない店の名が画面に浮かんだ。

（じゃあ、夜の8時に〈トルネード〉で）

オーがあの店を知っているとは。

というか、いつのまに、オーはニノミヤ君に連れられて――それ以外考えられない――

あんな店で二人して――たぶん二人だ――いかにも楽しそうに酒など呑んだのか。

まったくもって、(すごく変な気持ちになる)。

出前のピザの食べ残しと、とっくに冷えきったコーヒーと、キャップが外されたまま投げ出されたボールペン、そして、その脇に〈ソラシド〉と名付けられたノートがあった。

レイアウターであったときのことが思い出される。

深夜の編集部で待ち時間に退屈し、薄汚い灰色の壁と青みを帯びたワイヤー入りの窓ガラスを眺めていた。そこには、当たり前のようにカーテンなどなかった。そういえば、松見坂の部屋にもなかったし、自分はつくづくカーテンに縁がない。

殺風景な部屋で、けむり先生と二人で背中を丸めていた。

「何か書いているなら、わたしに見せなさい」

先生はよくそう言っていた。

いずれ書いてみたい小説のかけらのようなものをレイアウト用紙の隅にこっそり書いていた。誰にも読めない小さい丸っこい字で。先生はそいつにルーペをあて、亀が甲羅から首を突き出すような姿勢で丹念に読んでくれた。読み終えると首を引っ込め、「駄目だな」とつぶやいて仕事に戻った。

一度だけ、「まぁまぁだ」と言ってくれたことがある。それが先生の最高の褒め言葉だった。いま、先生が生きていたら、おれが書いた本を読んで何と言うだろう。きっと、「駄目だな」の一言だ。「こんなもんではないでしょう?」と横目でこちらを見る。

いつだったたか、「イマシタ君はこれを書いて、どこか擦り減りましたか」と言われた。「擦り減らなかったら嘘ですよ。だって、鉛筆は擦り減るでしょう? 書くっていうのはそういうことです。書いた分だけ、確実に擦り減っていくんです」

窓を眺めた。いまだにカーテンのない寒い部屋で、寒さゆえか、少しばかり歯の根が合わない。携帯を握る手が震えていた。

(了解。八時に行きます)

オーに返信した。八時まであと二時間ある。

ノートの上にソラシドの記事が掲載された雑誌と、ニノミヤ君からもらった二枚のチラシが重ねてあった。いまのところ、ソラシドを知る手がかりはそれですべてだが、このわずかな糸口からふたつの道筋が見えていた。

ひとつは、理恵さんが通っていた〈ガルボ〉だ。

たとえば、〈ガルボ〉に通っていた客の中には、理恵さんと同じようにソラシドを観た人がいる。もっと確実なところでは、〈ガルボ〉の店主を探し出せば、きっと何らかの証言を得られる。同様の手がかりとして、四谷のライブ・ハウスのチラシもあるが、こちらは彼女たちの扱いが小さくて、ワン・オブ・ゼムの印象しかない。

それなら、ニノミヤ君が見つけた映画のチラシにあった「音楽：ソラシド」の一行の方が頼もしかった。映画のタイトルは『蜂蜜盗人《はちみつぬすびと》』といい、どうやら限りなく自主制作に近いものらしい。チラシを手渡してくれたときのニノミヤ君の解説がまた頼もしかった。

「ちょっと調べてみたんですが、この映画が上映されたのは、このとき一回限りのようです。これはまぁ、僕の勘なんですけど、御覧のとおり、チラシは印刷ではなく安上がりなカラーコピーです。監督・主演の名前が出雲光世となっていますが、この名前も他に見当たりません。ネットで検索してもヒットしませんでした。上映したのは自主制作映画を得意としていた南阿佐ヶ谷の〈プラネット・オペラ〉で、映画館というより、インディーズ制作のマイナーなフィルムを保管するのが目的だったみたいです。保管する代わりに自由に上映できるというシステムになっていました。この頃はまだ、個人経営のそうしたアーカイヴがいくつかあったんです。いまはもう、ほとんど解体されました。保管されていたフィルムの大半は公的な機関が引き取り——ということはつまり、問い合わせて探し出せば、観ることが可能なんです」

ニノミヤ君の推察というより、ほぼ断定に近い物言いが小気味よかった。「希望的断定」とでも言えばいいだろうか。

ただ、この「音楽：ソラシド」が、理恵さんの観たソラシドと同じであるとは限らない。決して、唯一無二の名前ではないし、南新宿の路地裏の喫茶店で演奏していた彼女たちが、自主制作とはいえ、映画の音楽を担当したりするだろうか。

しかし、もし同一であれば、この映画に辿り着きさえすれば、ほぼ間違いなく彼女たちの音楽を聴ける。

手もとにあるささやかな手がかりを時系列に並べてノートに書き出してみた。

〈A　一九八四年。二人ともジョージ・ハリスンが好きで意気投合し、ライブハウスを中心に活動を始めた。
B　一九八五年六月。南新宿〈ガルボ〉にて演奏。
C　一九八六年四月五日。四谷〈ハット・トリック〉にて演奏。

D　一九八六年五月。雑誌『BE』にコラム記事が掲載。好きなビートルズ・ソングとして、二人ともジョージ・ハリスンの楽曲を挙げた。
E　一九八六年十一月。音楽を担当した映画『蜂蜜盗人』が公開される。〉

ついでに、二人の名前をコラムの記事から書き写した。

〈守山空＝ボーカル、ギター。有本薫＝ダブル・ベース。〉


モリヤマソラとアリモトカオル。

『蜂蜜盗人』の監督・主演をつとめた出雲光世は、はたして、イズモコウセイなのかイズモミツヨなのか。ニノミヤ君は「ミツヨ」と読んだが、コウセイが正しければ性別は反転する。

チラシに謳われたヘッド・コピーには「盗まれた甘い記憶」とあった。概要とボディ・コピーを兼ねた一文はこうなっている。

「その女は或る夜、突然あらわれ、おれの中に眠る甘い記憶だけを吸い上げて姿を消した。

女は吸血鬼だったのか、それとも、蜜蜂の化身であったのか」

チラシにはフィルムの一コマを転用したと思われる写真があしらわれていた。白い部屋の中で女が両手で顔を覆っている。だから、女性であるという確証はないが、しなやかな体に黒いワンピースをまとい、きちんと両脚を揃えて椅子に座っていた。横長の古びた机を前にし、左右の腕を机にあずけて女は顔を隠している。よく見ると、左手の人差し指と中指の隙間からわずかに目が覗き、こちらを見ているようにも思えるが、カラーコピーが粗雑で、はっきりしない。

仮に写真の彼女が主役であるなら、ニノミヤ君の断定どおり、イズモミツヨと読むのが、たぶん正しい。が、ボディ・コピーの一文は、「その女」と出会った男のナレーションとして響く。となれば、女に翻弄された男が主役の物語とも考えられる――。

なんだか口寂しくなってきた。冷えて固くなったピザを左手でつまみ、右手にボールペンを握って、ピザをかじりながらペン先をノートに走らせた。

〈そもそもの始まりは、一九八四年だった。〉

レイアウト用紙の隅に書いたときのように手が自然と動き始めた。

＊

〈吐く息がいちいち白くなる季節だった。

新宿のはずれにあるライブハウスの外階段で、守山空はギターケースを抱え、冷えて固くなったピザをかじっていた。地下ではとめどなく演奏がつづいている。地響きのような低音が四・五インチのスニーカーの底に伝わってきた。演奏者は聴き手を無視している。衝動を表現したいのだろうが、あまりに技術がなってない。

「ヘタクソ」と彼女は眉をしかめて地下の会場から抜け出してきた。暗がりをいいことに誰かのテーブルの紙皿に載っていたピザをひとかけらくすね、休憩時間が終わって煙草のけむりだけが漂う階段で眉をしかめたまま食べた。

「まずいよね、これ」

階段の上の方から女の声が聞こえてきた。先客がいたとは気づかなかったが、見上げると、膝の抜けたジーンズに黒いコートを着た痩せた女がピザをかじりながらおりてきた。

食べながら煙草を吸っている。髪が短く手足が長く、声を聞かなければ男に見えた。

「つまらない演奏に、まずいピザ。最悪」

煙草を投げ捨てた女はすかさずあたらしい一本を抜き出して百円ライターで火をつけた。深呼吸をするように吸って、ゆっくりけむりを吐き出す。

「あんた、ギター弾くんだ？」

ギターケースを見おろして彼女は言った。

「あんたは上手いの？　ヘタクソヘタクソって言いながら出てきたよね――ソラ？　って、なんのこと？」

ケースの横っ腹に小さくＳＯＲＡと書き入れてあった。

「名前」とソラは答える。「あなたは？」

「カオル」と彼女は答えた。

二人は曇り空の都会の底にいて、夕方はまだ始まっていない。ひどく空気の淀んだところだったが、そこだけ奇跡的にまともな空気が吸えた。

「楽器、弾くの？」とソラが訊くと、

「ベース」とカオルが空に向けてけむりを吐いた。

「じゃあ、バンドやってるんだ?」

「やってない。どいつもこいつもヘタだから」

「ホントに?」

「あんたはやってるの?」

「わたしも同じ。上手い人とならやりたいけど」

「じゃあ、弾いてみてよ」

普段のソラであれば、こんな一方的な言い方には応じない。が、めずらしく魔が差したのか、ケースから傷だらけのセミ・アコースティック・ギターを取り出した。

「なに、そのギター」

カオルが目を見張った。

「そんなにぼろくて、弾けるの?」

答える代わりにソラは弾き出した。思いつきの即興だ。地下から響いてくる轟音とは正反対の複雑な和音を奏で、基本はブルースとジャズからの引用で、ときおり力強くかき鳴らし、ときおり親しみのあるフレーズを織り交ぜた。

カオルはさらに目を見張った。「気に入った」と滅多に言わない言葉を口にした。

しかし、そのときはそれきりだった。

二人が連絡先を交換したのは三週間後のことだ。別のライブハウスに飛び入りで参加したカオルの演奏を、偶然、ソラが観ていた。

「あのひと、こないだの」

このときカオルは、のちに彼女のトレードマークとなるダブル・ベースをまだ手に入れていない。弾いたのは、そのあたりに投げ出されていたチープなプレシジョン・ベースだった。ソラに言わせれば、

「魔法を見るようで」「他の誰とも違って」「初めてわたしは降参するしかなかった」

二人にとって、「気に入った」と「降参」は同じ意味だった。才能ある人間がそう言い合ったとき、そこに――そこにだけ、はかり知れない未知の可能性が兆してくる。

ビルディングの影が重なる街の谷間で、彼女たちは長らく一人で探してきたものを二人で見つけ出した。〉

＊

自分とオーが差し向かいになっているこの光景は、もしかして、自主制作映画のチラシにちょうどいいかもしれない。影絵のように薄暗く、きっと、カラーコピーでは判然としない。

「寒いの？」とオーに三度訊かれ、「寒い」と鸚鵡《おうむ》返しで三度答えた。

われわれは〈トルネード〉のテーブルにいて、一刻も早く温かいものを口にしたかった。

「兄ぃの部屋はカーテンがないからね」

オーが背伸びをしてハヤクハヤクの男を呼んだ。男は例によってだぶついた黒いラッパズボンを穿き、カフスボタン仕様のフォーマルなシャツを着ている。アイロンをかけていないので、芸術的なくらいしわだらけになっていた。鼻の下に生やしたドジョウ髭に、『八十日間世界一周』に登場したパスパルトゥを思い出す。

「何か温かいものを」

震えながら注文すると、引き換えにラッパズボンのポケットから音楽らしきものが聴こえてきた。パスパルトゥは素早くポケットに手を突っ込み、よれたハンカチと一緒に小さなポータブル・ラジオを取り出した。

「これでも聴いてお待ちください」

それが彼流のサービスなのだろうが、そんなことより、店の方々からはいり込んでくるすきま風をなんとかして欲しい。おまけにラジオは油や酒や醤油がこびりつき、音はノイズまじりで、テーブル全体が反響した。

「ＦＥＮかな」とつぶやいたら、「何それ」とオーが真剣な顔でラジオのチューナーを点検し出した。「８１０キロヘルツ」と教えると、「そんなのあったっけ」とオーは知らないようだ。本当はおれもよく知らなかった。かつて、ＦＥＮと呼ばれていた放送局はとっくの昔に違う名前になっている。

「日本の中のアメリカから放送しているラジオ」

「そんなのあるんだ」

音楽がフェイド・アウトしていくところに、ＤＪの英語のアナウンスが被さり、喋り終わらないうちに次の曲が始まった。エルヴィス・コステロの「ブルー・チェア」だ。

「お母さんは知ってると思うけど」

「何を？」

「いや、だから、ＦＥＮを」

「そうなの？」

「どうも、昔、聴いていたものが似ているみたいでね。だから、わざわざうちのレコードをあさらなくても、理恵さんがどこかにしまいこんでいるんじゃ――」

「全部、捨てたんだって。あの頃のものは。本もレコードも全部。こないだ訊いたら、そう言ってた。そういうの、わたし、よくわからないんだけど」

天井を眺めるとラジオと同じく染みだらけで、少し窪んだ影のところに得体の知れないものが棲みついているように見えた。

「思い出したくないみたい」

オーはラジオから視線を動かさなかった。おれは、終始、明るく振る舞っていた理恵さんの声を耳の奥に呼び戻す。

――なつかしいなぁって、私、絶対に言わないって決めてたんだけど――。

封印していた場所や時間に連れ出してしまったのかもしれない。でも、理恵さんは別れぎわに言っていた。

――思いきって行ってみたら、すごく楽しかった。ただ、一挙にいろんな記憶が押し寄せてきて、頭の中が整理できなくて。このつづきはまた今度――。

不意に視界がくもり、気づくと、パスパルトゥが斜め後ろから湯気の立つ器を差し出していた。テーブルの上に静々と並べ、代わりにラジオのスイッチを切って、素早くポケットにしまい込む。音楽が消えて、換気扇のまわる音だけが残された。

スプーンを握りしめて勇んで口に運ぶ。温かいというより舌がやけどするような野菜スープで、とりあえず、生き返って血が嬉しそうに体をめぐり始めた。

「兄ぃは文章を書くのが仕事じゃないの？」

オーは器の脇に両手を置いて言った。

「ソラシドを探したいってメールにあったけど」

書くことは探すことだから——とメールを打ち返す勢いで答えようとしたが、それでは答えになっていない。そもそも、そのセリフはけむり先生の十八番だった。もし、書くことが探すことなら、ひっくり返して、探すことは書くことにならないものか。

「探すことが仕事だったら、楽しいよね」

そう答えると、オーは口の端だけでかすかに笑った。理恵さんとそっくり同じように左の頰にえくぼが出来る。あのとき、理恵さんがおれの顔に父を探していたように、おれはおれでオーの顔に理恵さんを見出していた。

「わたしなんて、まだその前の段階で——仕事を探してるわけだから」

「どんな仕事をしたいんだっけ？」

「それはまだわからなくて」

「じゃあ、それも一緒に探したらいいよ」

オーは何も答えず、黙ってスープを口に運んだ。

おれはスープをすすりながら、頭の中で〈ソラシド〉のノートを開いて書き始める。

〈それから二人は、ソラが皿洗いのアルバイトをしていたことがある安いイタリア料理店で舌をやけどするような焼きたてのピザを食べた。〉


「昔、〈ガルボ〉っていう喫茶店があってね――」

頭の中のノートを閉じて、オーに話した。

「お母さんが若い頃に通っていた店で、そこでソラシドを観たらしい。それでまずは、その店の店長を探してみようと思うんだけど」

「そのとき、わたしって、母のお腹の中にもういたのかな」

「いや、まだいない頃だね」

「そんな昔の話を、兄ぃは探したいんだ？」

〈イタリア料理店の裏手に細い坂道があり、坂をおりきって大通りを渡ると公園があった。公園を囲うコンクリートの壁と大通りに挟まれた一角が、アルバイトを終えたソラの深夜のギター練習場になっていた。かたわらを車が行き交い、どんなに声を張り上げようが、弦が切れるほどギターを弾こうが、誰にも迷惑をかけない。

一人で壁に向かいながら歌っていたその場所で、ピザを食べ終えたソラとカオルは、それぞれの楽器を手にして音を合わせた。車の騒音は途切れることなく、カオルが持ってきたベースはアンプにつながなければほとんど音にならなかった。

二人は最初、探り合うように真似ごと程度の演奏をした。

が、次第に気分が高揚して顔がほころび、ソラの歌う声は車の騒音に負けじとばかりに響いた。カオルは爪が割れて血がにじむのも構わず弦をはじく。

しまいには、二人で犬のように空に向かって吠えた。

彼女たちにはお互いの音が聴こえていて、それは誰も聴いたことのない音楽だった。まだ二人しか知らなかった。〉

ソ　ラ　シ　ド

8

Goodbye Pork Pie Hat

＊三角の東京

「ない」「なくなってる」「ここも」「ここもだ」

この一週間に何度、「ない」と「なくなってる」を口にしたことか。

口にせずにはおれなかった。

オーが一緒にいたので彼女に説明する必要もあった。

が、もし、ひとりだったとしても、「ない」と、はっきり声に出していたに違いない。

「まだ、あると思ってた?」

オーはおれが通いつめたレコード屋があった街角に立ち、いまはそこが小洒落《こじゃれ》た雑貨屋になっているのを興味深そうに覗いていた。

「まだ、あるような気がしてたけど」

オーの問いに答えながら、二軒、三軒と渡り歩くうち、どれもこれもなくなっているのを見せられて、口がへの字になった。オーも隣に並んで、への字になっている。

はたから見たら、おれたちは何に見えるだろう。

もしかして、親子か。

「つまんねぇな」と言いかけたら、「つまんない」とオーが声をあげた。

新宿と渋谷と下北沢。その三つの街は三角形をかたちづくる鉄道の線で結ばれている。自分は、このさして広くもない三角地帯を、ひたすら巡回してレコードを買いあさっていた。毎日毎日。定期券をつくってもいいくらい。自分にとっての東京は、この三角地帯で完結し、環状線などまったく不要だった。

どうして自分は、こんなにもレコードに執着しているのか。何度も自分にそう訊いた。ひとまずの結論は、「理屈じゃない」。

おそらく、明快な理由のない執着こそが人生に喜びをもたらす。

が、本質は理屈じゃないとしても、二次的な楽しみを探っていくと、そこにきっと街がつながってくる。

本当に手に入れたいのは街だったのかもしれない。街のさまざまな表情、時間、人、雑音、匂い、光、温度、静けさ——そういったものが染み込んだ何かを、自分は日記をつけるように手もとに引き寄せておきたかった。

それはある人にとっては身につけるもの＝衣服やアクセサリーだったろうし、ある人にとっては本や雑誌であったかもしれない。映画のパンフレットや半券をスクリーンに見た幻影の証しとして残しておきたいのと同じで、街は始まりも終わりもない一度きりしか上映しない映画みたいなものだった。その街で手に入れたブツは、手に入れたときの街を空気ごと閉じ込めておく手がかりに等しかった。

レコードを買い歩きながら、三角形の小ぢんまりとした東京を夢想した。そこはいつも曇り空で、ともすれば、小雨が降りつづいている。誰もが控え目な店を営んでいるので、小さな店ばかり密集していた。

おとなしい街だ。

でも、常にどこかから音楽が聴こえてくる。その三角地帯のみで受信できるラジオ局があり、自分はそこで地味に働いている。「選曲係」と称し、三角の東京に点在するレコード屋を徘徊しては、曇り空にふさわしい曲を集めてくる——。

下北沢の、そこだけ昔と変わらない二階の喫茶店で、おれはオーにそんな古びた夢想を話した。

「兄ぃの話を聞いてると――」

彼女は目を閉じていた。

「本当に三角の東京があったみたいな気がする。前に映画で観たような。ていうか、なかったっけ？」

「ないない。頭の中にあっただけだから」

「でも、頭の中にはあったんでしょう？」

それから、オーはめずらしく長々と話した。が、途中で「自分でも意味わかんない」と考え込み、話はあちらこちらに飛んで錯綜していた。その混乱をレイアウターに戻って整理すれば、オーの言いたいのはこういうことだろう。


兄ぃの生活がその三角の中だけで完結していたなら、その三角の東京は現実に存在したも同然じゃない？　しかも、何十年も前のこととなると、いずれにせよ、わたしは誰かの記憶によって過去を知るしかない。そして、兄ぃの記憶は三角の中ばかりだから、自分が生まれた頃の東京は三角形だったのかと、わたしが思うのは自由でしょう？

「そうなのかね」

この一週間、「ない」を連発した自分を顧みて、オーの言い分に救われた思いになった。オーに見せたかったのだ。彼女が生まれた頃、生まれる前、あるいは、まだお母さんのお腹にもいなかったとき——そうした時間を、彼女は「そんな昔の話」と切り捨てたが、

「そんなに昔でもないよ」

と教えたかった。

実際、そんな気がするし、「その頃」と「いま」とが地続きになっているのを自分は知っている。別世界の話をしているわけではない。「昔」と呼ばれる時間はすぐそこにあり、自分はその時間に充たされた空気を吸っていた。その空気を震わせた音楽を聴いていた。だから、オーにしてみれば、「そんな昔の話」と感じられるかもしれないが、ソラシドを探すことは、言ってみれば、自分の記憶を再生することに近かった。

で、再生するにはどうすればいいのか——。

まずは、記憶の中の場所を訪ねてみるしかない。

そもそも、時間は目に見えないので再生するのが難しい。が、場所は決して動かない。

どれほど世の中がうつろっても、新宿と渋谷と下北沢はそこにある。仮に違う名前の違う街にそっくり変わってしまっても、その街があった緯度経度は動かない。地面が変わらずそこにあるなら、そこに立てばいい。

ところが、地面は同じでも、店が消えてしまうと空気は入れかわってしまうらしい。残り香さえなかった。というか、ここまで店がことごとく消えているとは予想していなかった。まだ何軒かのレコード屋は健在で、「ほら、ここだ」と示せるものと思っていた。が、現実は「ない」と「なくなってる」の連続で、先行きが曇り空を通り越して小雨模様になってきた。三軒つづけて「ない」を連発し、場末の三叉路に立ち尽くすと、「あのさ」とオーがへの字のまま言った。

「兄ぃが通ったレコード屋を探したって、ソラシドを探すことにはならないんじゃない？」

「それはまぁ、そうなんだけどね——」

「じゃあ、どうして？」

「お母さんが言ってたよ。順番があるんだって」

三叉路の横断歩道を東へ渡り、住宅ばかりがつづくゆるい坂をさらに東へのぼった。

「順番って、何の順番？」

「それは」――オーに訊かれて考えた――「探しているものに近づいていく順番ってことかな」

さて、正解かどうか。

「だって、まずは〈ガルボ〉の店長を探すんでしょう？　それが一番目じゃなかったっけ」

オーの言うとおり。

でも、目的地を目指すときには、ついでの寄り道というものがある。

ただ、どうもこうなってくると、気安く「ある」と断定し難くなってきた。そんなものはもう「ない」のかもしれない。現にオーのようなインターネットが当たり前の世代は、寄り道をする間もなく、ネット上の検索だけで、たやすく探しものに辿り着ける。

「寄り道も悪くないけどね」

坂の途中でまた三叉路にさしかかり、立ち止まって空を見上げた。

陽が暮れるまで、まだ間がある。それなら、もうひとつ寄り道をして、この機会に、もうひとつ「ない」を更新してもいいかもしれない。

きっと、ない。すでに老朽化が著しかった。

三叉路の右の道を選んで、「もうひとつ」とオーに伝えた。

「こんな住宅街に、レコード屋があるの？」

「じゃなくて、アパートがあったんだよ。空中の長屋の前に住んでいた――」

路地の突き当たりだった。朝も昼もまるで陽が当たらなかった。そのときすでに築二十年は経っていたから、自分が部屋を出てからの歳月を加えると五十年に近い。そんなアパートがいまもあるはずがない。

路地の手前でそうした経緯をオーに話し、しかし、いざ路地に入り込んでみると、何ら変わっていなかった。いまどき都会ではまず見られない砂利道がそのままで、「もしかして」と砂利を踏みしめながら進んでいくと、

「あった」

ついに「ない」の連続を脱したのが、なんと、このボロ・アパートであったとは。

ただし、もう住める状態ではなかった。とっくに誰もが出て行って見放され、雑草に埋もれて、ところどころ壁が抜け落ちていた。

借りていた部屋は一階のいちばん奥で、表から見る限り、部屋の中の様子は確かめられ

そうにない。

畳が北側へ向けて沈み込んだ暗い部屋だった。何もかも斜めに傾き、放っておくと丸みを帯びたものはことごとく北へ転がってゆく。自分自身も、寝ているあいだにずるずると布団ごと北へ滑った。

それで、夜ごと屋根の斜面にしがみついている夢を見た。

近所のパン屋で一本百円のホットドッグを買い、昼に半分かじって夜に残りをかじった。ちなみに、百円ホットドッグにはケチャップもマスタードもついていない。ほんの申し訳程度にキャベツをきざんだのが挟まれている。いつかかならず、五百円くらいの豪勢なホットドッグにケチャップとマスタードを死ぬほど塗りたくって食ってやる、と息巻いていた。

最後の記憶は、部屋の真ん中にエレファントを置いてきたこと。

だから、自分は再びその時間へ戻され、「あるいはもしかして、エレファントがそこに置き去りになっているのでは」とあり得ない妄想が立ち上がった。

しかし、そんなことは万が一にもあり得ない。あり得たとしても、白骨化したようなエレファントなど見届けたくない。

オーの肩を叩いて、踵《きびす》を返した。

実際にエレファントがどうなったかは、すでに夢想した。

大家が粗大ゴミに出し、誰かが拾って金に換えた。たぶん、そんなところだ。

それを、ソラシドのアリモトカオルが手に入れた——というのは時系列的にあり得ない。

が、あり得ないとしても、「そうだ、ダブル・ベースを弾こう」と思いついた瞬間が彼女にはあり、そして、自分には、「もう、ダブル・ベースとおさらばしよう」と決めた日があった。

だから、エレファントが受け継がれた事実はないけれど、ダブル・ベースへの思いが、あの頃、人知れず、こちらからあちらへ乗り移ったのかもしれない。

＊

〈カオルがそれを「弾きたい」と思ったのは、いくつかの偶然が重なった結果だった。

彼女は東京を三角形に区切った地域限定のラジオ局で選曲を担当していた。生活の糧は、その局からいただくわずかばかりの給与と、局から数メートルのところにあるライブハウスで酒をつくったり運んだりする仕事で得ていた。飛び入りでベースを弾くこともあり、その出演料も大した額にはならなかったが、幾分かは、アパートの家賃と中古レコードを買い集める足しになった。

毎月、しわだらけの三枚の封筒から、しわだらけの一万円札と千円札を抜き出した。家賃を滞納することはあっても、レコード代だけはしっかり確保していた。

曇り空と中古レコード屋を愛し、太陽とスカートを憎んでいた。

友達や恋人と呼べる人もなく、ベースを弾くのは学生時代に組んでいたバンドの名残りだった。当時、弾いていたジャズ・ベースは売り払ってしまったので、弾くときはそのときどきで誰かから拝借していた。

局で働く人の大半はカオルを男だと思っていた。声を聞けば女性であろうと見当がつくが、無口なうえに、局には夜おそくまで姿を見せない。実際のところ、深夜放送の担当者としか交流がなく、それでも許されていたのは、カオルの主な仕事が、朝から晩まで三角形に区切られた街を行き来することだったからだ。

すなわち、街に点在する中古レコード屋で、番組に適した音源をいかに安く手に入れるかが彼女の仕事だった。

カオルにはトオルという双児《ふたご》の弟がいて、トオルは〈ポーク・パイ・ハット〉というジャズ喫茶で働いていた。おかしなことに、トオルはよく女性と間違えられたので、もし、二人が入れ替わったとしても誰も気付かなかったかもしれない。

仲はすこぶる良かったが、家を出てからは顔を合わせる機会が少なくなった。ときどき、夜中に電話で短く語り合った。

自分たちは「二人でひとり」だと子供のときから思っていた。嫌なことがあって、自分の心がバラバラにほどけてしまっても、トオルと話せば、カオルは修復され、欠けていたピースがカチリと音をたてて戻された。

受話器から聞こえるトオルの声は自分の声によく似ていた。ただし、自分の中の最も穏やかなもの、煙草のヤニに染まっていない白くてやわらかいものから発せられているように感じた。トオルはふたつに分かれた「ひとり」の傷つきやすい部分と、壊れやすく脆いところを一手に引き受けていた。

だから、もし、トオルの身に何かあったら、命を懸けても自分が守り抜くと決めていた。不測の事態に際して、自分は「弾丸」のようでありたい――カオルはそう願っていた。これはまたベースを演奏するときに湧き上がるイメージでもあり、彼女はいつも、弾丸のように力強く先鋭的に弾きたかった。

事実、彼女の奏でる音を聴いたものは、誰もが弾丸に撃たれたように胸を押さえた。そこには、息苦しさををともなう切迫感と、撃たれて生あたたかい血が流れて気が遠くなるときの甘美さが同居していた。

いつでも、彼女の演奏に対する評価は最上の部類で、問題があるとすれば、あまりに彼女だけが突出して、同じ地平に立って音を合わせる仲間を持てなかったことだろう。ベースという楽器はソロで演奏するために発明されたものではない。合奏したときにさまざまな音と絡み合うことで真価が発揮される。だから、カオルはどれほど自分の演奏を褒められても、常につきまとう欠落感を拭えなかった。それは、「二人でひとり」とつぶやきながら生きてきた自分の宿命にも通じている。

が、自分の演奏について、彼女はもっと別の不満を抱いていた。

それは音をどう鳴らすか、強弱や速さやタイミングといった技術的な問題ではなく、より根源的な音の質感や色あいといったものに関わっていた。

さらに言えば、自分はなぜ楽器を弾きたいのかという根本にまでさかのぼり、こうした自問に悶々としていたある夜、突然、トオルに電話で言われたのだ。

「姉さんはきっと、まだ本当の意味でベースと出会っていないんだよ」

その言葉でカオルは目が覚めた。

なぜ、自分の楽器を持たないのか。その理由まで言い当てられた気がした。

それで彼女は、「本当の意味で」探し始めた。自分が本当に弾きたい楽器をだ。

それまで彼女は、「なんでもいいよ」と常々言っていた。どんなに粗悪なつくりの楽器を渡されても、その楽器の限界を超える音を引き出してみせた。楽器なんて何でもいい。それが自分らしい——そう思い込んでいた。

しかし、どうもそうではない。

ソラと出会ったのは、こうしたときだった。

「ポーク・パイ・ハット？」

トオルのことを話したとき、ソラはその名前に反応して、「ジョニ・ミッチェルの」とつづけた。が、カオルは、「ジェフ・ベックの」と違う名前を挙げた。正確な曲名は「グッドバイ・ポーク・パイ・ハット」で、

「オリジナルはチャーリー・ミンガスだけど」

正しい知識を補足したのはソラだった。カオルはその名を初めて耳にした。

さっそくトオルに訊いてみると、

「うちの店長はミンガスを神だと思ってる。一度、店に来てみなよ。壁のあっちこっちにミンガスの写真が飾ってある」

その店長はトオルが双児であることを知らず、二人が「ひさしぶり」と言い交わしているのに目を見張った。

「いや、本当にそっくりだね。トオルはよく女の子に間違えられるんだけど、君もそう言われない？」

「ええ」とカオルは、わざと低い声で答えた。トオルと一緒にいるときは間違いなく男性と見なされる。「いえ、じつは姉なんです」とトオルが明かしても、どうせ信じてくれないので、こういうときは男で通している。

「ほら」とトオルが店の壁に飾られたモノクロ写真を指差した。その写真を見てカオルは初めて知ったのだが、チャーリー・ミンガスはベース奏者だった。ピアノの前に座っている写真もあったが、あらかたはダブル・ベースを弾いている。大きな体に髭をたくわえ、驚くほど指が太かった。

たしかに「神」に見えた。ダブル・ベースの神だ。

写真から音が聴こえてくる。胸にずしんとくる響きだった。

「どうしたの」

トオルがカオルの異変に気がついた。

「撃たれた」とカオルは写真を見つめたまま答えた。

「ミンガスに？」

「ミンガスもいいけど、このダブル・ベースに」

黒いフィンガー・ボードに銀色の弦がナイフのように光っていた。

これだ、とカオルは直感した。これこそ自分が弾くべきベースで、この出会いが自分の運命であるとすれば、これまで弾いてきたエレクトリック・ベースが、どれもしっくりこなかったのも頷ける。

次の日の夜、ソラと顔を合わせるなり、

「『グッドバイ・ポーク・パイ・ハット』をやってみない？」

と提案した。

二人はまだ即興的に音を合わせただけで、この先どうするのか、組んで演奏をしていくのか、だとしたら、どんな曲を選ぶのか——決めるべきことは沢山あった。

「ジョニ・ミッチェルのバージョン？」

ソラは訊き返した。

「どうせなら歌いたいし。ジェフ・ベックのは歌がないでしょう？」

「誰のバージョンでもなく」とカオルは答えた。「自分たちのバージョンにしたいから。歌うのはOKだけど、誰かの真似はしたくない」

「それで、うまくいくのかな」

「ちょっと考えがある」

カオルが迷わずそう言ったのは、ダブル・ベースを使えば、二人がそれまでぼんやりと想像していた音より、ずっと個性的なものになるという確信があったからだ。

「問題はまだダブル・ベースを手に入れていないこと。それと、アタシがこれまで一度も弾いたことがないってこと」

しかし、このふたつの問題をカオルは二週間で解決した。

レコードのことは忘れ、仕事のふりをしながら、三角地帯にある中古楽器店を一軒一軒、地図を片手に訪ね歩いた。

新宿にふたつ、渋谷にひとつ、中古のダブル・ベースが売られているのを見つけた。

しかし、とても手が出ない。予算は、しわだらけの三つの封筒からすべてのお札を抜き出した額で、家賃も電気代も水道代も電話代も踏み倒し、もちろんレコードも買わず、食事は買いだめしてあるカップ麺でしのいだ。それでも手が届かなかった。

八日目に下北沢の裏通りを歩いていたとき、外国風の大きな邸宅から喪服を着た人たちが次から次へと路地にあふれ出した。カオルは行く手を阻まれて後戻りしたが、T字路の右手が棺を取り囲んだ黒い服でみるみる埋まっていく。両手を合わせて一礼し、Tの字の左手に追いやられて、そのまま予定外の道を歩かされた。

もしそのとき、その葬列にぶつからなければ、反対の方向に進んでバス通りへ出ていた。が、期せずして、バス通りを背にしてしばらく進むと、地図にはなかったリペア専門の楽器店がオープンしているのを見つけた。「楽器修理」と看板にあるので期待していなかったが、さして広くもない工房の隅にそれはあった。カオルが思い描いていたとおりの、どこか怪物めいた威圧感を持つ黒々としたダブル・ベースだった。

修理を終えたのか、それともこれからなのか、工房の主らしき男に事情を説明して尋ねると、「欲しいの？」と店主は訊き返した。

「欲しいです」

カオルが答えると、

「捨ててあったんだよ、道端に。一応、弾けるように修理したけど、手強いよ、こいつは」

女の子には無理じゃないかな——とは言わなかった。例によって、男だと思ったらしい。

カオルはしわだらけの封筒を取り出し、「これしかありません」と差し出すと、店主は手袋をはずして札を数えた。

「半分でいいよ」

残りを返してくれた。

「ちょっと弾いてみる？」

カオルは一瞬、戸惑ったが、どうしてなのか、弾けるような気がしていた。ミンガスのような太い指ではないとしても、腕力だけは、日々、鍛えてある。支え方と構え方の角度を店主に教わり、カオルがいちばん好きなGの音を探り探り弾いてみた。すると、いきなり、それまで経験したことのない野太い低音が腹に響いた。そこから先は指が勝手に動いた。

「素晴らしいよ」

店主が嬉しそうに手を叩いた。〉

＊

「それで、このアパートからどこへ引っ越したの?」

オーがそう言ったのと同時に、携帯電話がニノミヤ君からのメールを受信していた。

(朗報です。『蜂蜜盗人』のフィルムを保管しているところが見つかりました)

オーに読んで聞かせると、

「じゃあ、そっちが先?　なかなか、〈ガルボ〉の店長に辿り着かないけど」

不満そうな声になった。

ゆるゆるとのぼってきた坂道の突き当たりはちょうどそこでT字路になり、

「右？　左？」

オーが左右を確かめながら訊いてくる。

「引っ越した先は右の方だったけどね」

答えながら右を見た。

まっすぐ突き進めばバス通りに出る。そこから左に折れてバス停を辿って行けば、十五分ほどで松見坂だ。

「じゃあ、そこへ――」

オーが言いかけたので、「いや」と首を振り、

「もう、寄り道はいいよ」

迷わず、左の道へ歩き出した。

ソ ラ シ ド

9

Savoy Truffle

＊あなた、そこにいるのでしょう？

フィルムが保管されているのは、丸ノ内線の南阿佐ケ谷駅から歩いて五分くらいのところと聞いていた。改札でニノミヤ君とオーを待っていると、約束の時間を十分も過ぎて、オーが青白い顔であらわれた。挨拶もなければ、「遅くなりました」も「すみません」もない。あからさまに不機嫌そうで、唇を結んでにらむようにあらぬ方を見ていた。

「ニノミヤ君がまだ来てなくて」

そう言いかけたら、オーは肩から提げていた形の定まらないズダ袋のようなものを体の前へまわした。中を覗いて、破りとった跡のある紙きれを、「地図」と言いながらこちらへ差し出す。

「ニノミヤ君は来ないから」

オーが「ニノミヤ君」と言うのを聞いて、さて、このあいだは何と呼んでいただろう、と引っ掛かった。たしか、「ニノミヤさん」と呼んでいたように思う。「さん」が「君」へと変化したのはどのような経緯によるものだろう。

「どうして来ないの？」

オーは答えなかった。オーにはこういうところがある。急に何も言わなくなる。察しはついていた。オーが手にしている地図は、これから訪ねる場所の駅からの順路だ。そうしたことは、すべてニノミヤ君が「用意します」と言っていた。だから、その地図をオーに渡したのはニノミヤ君に違いない。

おとといはオーと下北沢を歩いていた。昨日はどうしていたか知らない。ニノミヤ君とは夕方に電話で話し、夜にはオーとメールのやり取りをした。そして、その夕方から夜にかけて、そういえば、やけに強い風が吹いていた。あるいは、あの数時間を二人は一緒に過ごしていたのだろうか。

おれはオーから地図を受け取らなかった。受け取ったら、そのままオーは何も言わずに帰ってしまうかもしれない。いったんは出した手を引っ込めると、オーはおれをにらんでから地図を見て歩き出した。右へ行きかけては左へ行き、「大丈夫か」と声をかけたら、小さく頷いて足早に歩を進めた。

地上へ出ると、大通りの喧噪を背にしてオーはまっすぐ歩いていく。その背中を見ているうち、自分が不愉快になっているのに気がついた。

風はかなり遅くまで吹いていた。風に閉じ込められてどこかで時間を過ごしていたとしたら、その時間が延長されて朝まで一緒にいたとも考えられる。そうだとしても何ら不思議ではなく、なにしろ若い男女なのだし、どうやら二人とも恋人らしき人はいないようだ。何より、ニノミヤ君は多少変わったところがあるとしても、なかなか気持ちのいい青年で、だから何も問題はない。ないはずなのに、この不愉快は一体どこから来るのか。

オーの背で揺れているズダ袋には着替えの服でもはいっているのだろうか。もし、そうだとしたら、なぜ、オーだけがあらわれて、しかも不機嫌なのか。ニノミヤ君からは何の連絡もない。あるいは、彼もまた不機嫌なのだろうか。

そうか、喧嘩か。そういうことか。

いつから二人が親密になっていたのか知らないが、自分とニノミヤ君との付き合いからして、まだ日は浅い。それなのに、二人は早くも喧嘩をしたのか。

急に愉しくなってきた。

地図を確かめながらさっさと歩いていくオーの背中に近づき、「喧嘩をしたのか」と訊くと、彼女は一瞬こちらを振り返ってすぐに前を向いた。

「着替えでもはいってる?」

ズダ袋に触れると、もういちどこちらを見て、「どうしてわかったの」と、ようやく口を開いた。


「ここみたい」と立ちどまったオーの声が遠くに聞こえ、その遠さに見合ったような古びた建物が、いまにも消え入りそうに建っていた。

「もとは映画館だったそうです」

ニノミヤ君から電話で聞いていた。

「その先に阿佐ヶ谷住宅という団地があるんですが——」

名前だけは聞いたことがある。

「五十年くらい前につくられたもので、当時としてはかなり大規模で斬新なつくりでした。僕も一度は住んでみたいと思っていたんですが、残念ながら再開発が決まっています。映画館も昔は賑わっていたのに——」

十年ほど前に閉館したらしい。団地同様、建物はそのまま残されているが、建て替えの費用が捻出できないことが閉館の理由だという。

「公的な機関ではないんですが、前もって連絡しておけば、大きなスクリーンを使って観せてくれるそうです。スクリーンも客席も映画館のときのままだそうで」

そのとおり、外観もまた映画館であった頃の面影が色濃く残っていた。

「正面玄関の左側から裏へ回り込んでください」「非常口があります」「扉の脇のインターホンで呼び出してください」

オーが地図に記してある注意書きを読み上げながら建物の左側から奥に進んでいった。あとにつづくと、日射しが消えてひんやりした空気に包まれる。足もとには崩れ落ちた建物の破片が散らばり、裏手にまわると、すぐに非常口らしきものが見つかった。開くかどうかも疑わしい錆の浮いた鉄の扉で、扉の脇の真新しいインターホンだけが白く輝いて見えた。

＊

「田原と書いてタバルと読みます」

名刺を差し出しながら、その老人は申し訳なさそうに言った。

かつて、ロビーであったと思しきところに赤いビニール・レザーのソファが向かい合わせに並び、そのあいだに膝の高さほどのテーブルがしつらえてあった。

「このようなところへお越しいただいて」「本来なら、お茶の一杯もお出ししてお迎えすべきところなのですが」「あいにく、白湯《さゆ》しかありませんで」

いちいち恐縮していた。恐縮すべきはこちらなのだが。

タバルさんはきついポマードの香りを漂わせ、豊かな白髪をオールバックで固めていた。彫りの深い顔の造作と相まって、どこか古代ギリシアの勇壮な神を思わせる。

「恐縮ですが、急なお話しでしたので内容の確認をしておりません。記録によりますと、こちらのフィルムは――」

テーブルの上の白湯の横にフィルムの缶が置いてあった。タバルさんは背を丸めて缶の表面に貼られたラベルの文字を指先でたどっている。

「はちみつ、ぬす、びと、いっせん、きゅうひゃく、はちじゅう、ろくねん――ああ、これはプラネット・オペラさんから買い上げたものです」

突然、人が変わったように滑舌よく説明が始まった。

「区役所の裏のあたりにあったんです。うちの映画館とは客筋がずいぶん違っていたので、うまい具合に共存できていたんですが、あちらの方が先に閉館してしまって」

タバルさんは白湯をすすると、ラベルに赤く捺されたアルファベットの「P」を示した。

「この判子はプラネットさんで捺していたものです。この作品もそうですが、十六ミリばかり、二百本くらいでしたか、缶にすると五百近くありました。すべてうちで買い上げたんですが、ほとんど倉庫に入れっぱなしで。ですが、これだけ、ちょうどうまい具合にこの棚に移してあって、お問い合わせをいただいてすぐに見つかりました。でなければ、何カ月かお待ちいただかないと――あ、ちょっと待ってください」

タバルさんは、ノートというより帳面と呼びたくなるような綴じ糸のはずれた紙の束を取り出し、「は、は、は、」と言いながら帳面をめくった。

「はいとだいあもんど、はっかにぶんのいち、はちみつ――ああ、ありました。そうでした。三年前です。監督さん御自身がいらっしゃって御覧になられたんです。いま思い出しました。フィルムはこれ一本きりしかないそうで、御覧になるのは二十年ぶりだとおっしゃっていました。うちも、このとき初めて倉庫から出してきまして、回したのはその一度きりです。ここで上映をして、お一人で御覧になられたあと、よろしければ、フィルムをお持ち帰りになられますか、と監督さんにお訊きしたら」

そこで、自分とオーは身を乗り出した。

「もう満足です、とおっしゃって。たぶん、もう観ることはないでしょう、と」

「そうですか」

おれは複雑な思いになった。そのとき、監督がフィルムを持ち帰っていたら、ここにはもうなかったわけで、あるいは、それきり監督の手によって封印された可能性もある。

「それで、このフィルムはいまここで上映していただけるんでしょうか」

「もちろん。それがわたくしの仕事ですから」

ニノミヤ君から聞いた話がどこまで事実なのか怪しかったが、たった一人の客でも観せてくれるというのは彼の憶測ではないようだった。

「では、さっそく」

タバルさんはフィルム缶を抱えて立ち上がり、

「適当な扉から入って、適当な席でお待ちください」

そう言い残して、〈映写室〉のプレートがさがった暗い部屋の中に消えていった。

急に静かになってポマードの香りだけが残され、香りから逃れるように適当な扉を押して中に入った。かなり暗かったが、幸いにしてスクリーンが淡い光を放っている。その横幅から劇場の広さも次第に浮かび、座席の背に手を当てがいながら進むと、真ん中よりやや左の適当な席にオーと並んで腰かけた。

オーはやはり何も言わない。ニノミヤ君と喧嘩をして不機嫌なのはわかるが、こちらには関係のないことで、関係がないので、話しかける言葉も見つからない。

しばらくして、ブザーが響いた。背後から、「では、上映いたします」とタバルさんの声がくぐもって聞こえる。いまからスクリーンに投影される映画は、本当のところ、観に来たのではなく聴きにきたのだから、音に集中しなくては、と頭を振る。

この映画の音楽を担当したソラシドが自分の探しているソラシドとイコールで結ばれているかどうかはわからない。ただ、音を聴けば、およその見当はつくだろう。もし、ダブル・ベースの音が響いてきたらイコールの確率は高く、そこへ女性の歌声が重なってきたら、まず間違いない。

「寒くない？」

オーの声が小さく聞こえた。たしかに寒い。しかし、スクリーンにはすでに何かが映し出されていて、何だろうと思う間もなく、次の何かがあらわれた。

「すみません、ピントが合っておりませんで」

タバルさんの声が弱々しく響く。

「ただいま調節をしております」「お待ちください」「すぐに終わりますので」

なにやら正体不明なものが映ったかと思うと、ところどころピントが合って、そのうち女性らしき人物のバストアップがあらわれた。だが、肝心の音が聞こえない。

ぼんやりとした画面の中で女性が何ごとか話しているように見えた。しかし、その声がまるで聞こえない。そのうえ、すぐに画面が真っ暗になり、もやもやとした白いものが浮かぶばかりでどうにも判然としなかった。判然としないのだが、どうやらカラーではなくモノクロ映画のようで、まったく色が感じられない。

「すみません」とタバルさんが繰り返した。「ただいまピントを合わせています」

すると、暗い画面に浮かぶ白い雲のようなものが輪郭を整え始め、やがて、〈あなた、そこにいるのでしょう?〉という文字がようやく判読できた。

もやもやしたものが文字——すなわち字幕だとわかり、おれとオーは思わず声をあげたが、われわれの声は響いても肝心の映画からは音も声も聞こえない。嫌な予感がして、予感はタバルさんの努力が実ってピントが合い始めたときに確信に変わった。

これはサイレント映画ではないのか――。

ピントが合って、なおも女性の姿かたちがぼやけているのは、二十年の歳月による劣化もあったろう。しかし、もともとそうした意図で撮られているように見えた。たびたび挿入される黒画面は白文字で字幕を見せるためで、そうした手法もサイレント映画のマナーに則っている。

「なにこれ」とオーが囁《ささや》いた。

「サイレント映画のようだ」と答えると、「なにそれ」とまた囁く。

「音のない映画ってこと」

「じゃあ、間違えたわけ？」

そうではないようだった。画面全体が暗い上にタバルさんのピント調整が安定していなかったが、この映画が『蜂蜜盗人』であることは間違いない。

というのも、チラシのコピーにあった「女はおれの中に眠る甘い記憶だけを吸い上げて姿を消した」という字幕がはっきり映し出され、「蜜蜂」や「吸血鬼」といった言葉も見受けられた。

「観たかった映画はこれで間違いないね」

「だって、ソラシドが音楽を担当しているんじゃないの？」

「もしかして、エンド・ロールに流れるのかも」

しかし、その予測もほどなくして裏切られた。三十分ほどしたところで、〈ＥＮＤ〉の三文字がスクリーンに浮かび、ついに一度として音楽が流れることなく、

「これにて、終わりでございます」

タバルさんの声が聞こえた。

＊

「いま、何時なんだろう」

映画館を出てオーがつぶやいた。

いつのまにか夕方の気配が忍び寄っていて、時間だけではなく、何が起きたのかと整理しようとする頭がなかなか正常に回らなかった。でも、おそらくはタバルさんが言ったとおりなのだろう。

「監督が観たときも音楽はなかったのですか」

とタバルさんに確かめると、

「これはサイレント映画ですからね」

と当たり前のように答えた。

「もとより音楽はないものと思われます。念のため、音量の調整もしてみましたが、無音でありました。もちろん、監督も何もおっしゃらなかったので、これはこれでいいのではないでしょうか」

では、チラシに謳われた「音楽：ソラシド」の意味するところは何だったのか。

「その昔、サイレント映画の音楽は生演奏でなされたのです。この映画もそうだったのではないでしょうか」

思ってもみない答えだった。いや、当然といえば当然で、映画がサイレントである以上、他に答えは考えられない。昔の映画館には専属の楽士と弁士がいたと何かで読んだ。監督がサイレントのマナーにこだわったのなら、無論、そこのところも踏襲したに違いない。

「ところで、監督は男性でしたか女性でしたか」

「女性でしたよ」

タバルさんは微笑んだ。

「いま御覧になった主演の女性が、若いときの監督であったと思います」

「どう思ったんだろう」

夕方の路地を歩きながらオーがつぶやいた。

「二十年ぶりに自分の映画を観て」

自分のつくった作品であるばかりでなく、主役をつとめた二十年前の自分の姿もそこにあるのだから、感慨もまた幾重にもなっていただろう。

「なんか、わたし、いろんな音楽が聴こえちゃった」

「え？」

「もしかして、沈黙がいちばんの音楽なの？」

路地を抜けたところで立ちどまり、前方を望むと、そこは地下鉄の駅がある大通りではなかった。いきなり別の時間に紛れ込んでしまったような風景がひろがっていて、ニノミヤ君が、その団地がつくられたのは「五十年くらい前」と言っていた。

「駅と逆の方に来ちゃったみたい」

オーが地図を取り出して確かめていた。人の姿がない。遠目に芝生の緑が見えた。

〈団地の一角に芝生のひろがる人の来ない場所があり、映画館で演奏する前に、そこで練習をしようと言い出したのはソラだった。

カオルは練習を「練習」と呼ぶのが好きではない。演奏は自然に発生するものと考えていて、カオルは何よりも決まりごとを嫌っていたから、譜面を見ることもまずなかった。

一方、ソラはカオルの考えに賛同する反面、譜面どおりに演奏する喜びも知っていた。カオルは自由を求め過ぎる。二人だけで演奏しているときはいい。破綻が起きても構わないし、失敗しても笑って済ませられる。でも、人前で演奏するときは、ある程度の約束事を決めておかないと、自由に走り過ぎて、聴き手がついてこられなくなる。

「ついてこられない奴はそれまでだよ」とカオルは横を向いた。

「そんなことばかり言っていると、誰も聴いてくれなくなるよ」とソラは何度もカオルに忠告してきた。

「そうなったら仕方がないよ」とカオルは突っぱねる。芝生の上にダブル・ベースを寝かせ、弾くのをやめて、ベースの横に自分も寝転がった。

「出たとこ勝負でいいじゃない」

「でも、映画はわたしたちのものじゃないんだから」

「あのさ」とカオルは声を落とした。「アタシは譜面を見ると型にはめられたみたいに感じるの。監督も言ってたよね。映像にとらわれず、自由に演奏してほしいって」

「それはそうだけど、三十分間まるまる即興でプレイするなんて――」

「ねぇソラ、あんた、もうちょっとアタシたちの演奏を信じてもいいんじゃない？　二人で演れば、きっとうまくいくよ」

「そうかな」

「なにそれ？」

「うまくいってるのは、わたしが軌道修正しているからで、本当に好き勝手に弾いていたら、ああうまくはいかないと思うけど」

「それって、なに？　あんたがリードしていて、アタシより偉いって言いたいの？」

「そうじゃないけどね――そうかもしれない」

練習どころではなくなってきた。

「もう、イヤになった」

ふて寝を決め込んだカオルにソラは背を向け、芝生の向こうに団地が連なっているのをぼんやりと眺めた。

二人はそうしてしばらく黙っていた。

カオルは本当に眠ってしまったかもしれない。じきに夕方になろうとする頃合いで、ソラは団地の窓にぽつりぽつりと灯りがともされていくのをひとつふたつと数え始めた。その手前の巡回路を勤め帰りの人たちを詰め込んだバスが横ぎっていく。

「ああ」とソラはGの音でため息をもらした。きっとこういうことなのだ。自分はいつでもこんな夕方のさみしい時間に灯りをともすような音楽を奏でたい。

「ああ」とGの音を繰り返す——。

すると、背を向けた方から、ソラのため息を模した少し震えるようなGの音をカオルがベースで弾いてみせた。

応えるようにソラはEの音をギターで弾く。

すかさず、カオルはEとGとを交互に弾き、ふたつの音を強いアタックでめまぐるしく戦わせた。

そのとき、団地の窓にまたひとつ灯りがともり、カオルはその瞬間を見逃さず、灯りのあたたかさをまろやかな四つの和音で奏でた。ソラはその和音にふたつ音を加えてリズミ

カルに弾き継ぎ、カオルがそのリズムに正確に対応して小気味よいリフを繰り返した。〉

「ねぇ」

　急にオーの声が耳もとで響いた。

「このあと、兄ぃのところに行ってもいい？」

「もちろん、いいけど――」

「それで、あの、わたし、そのまま帰らなくてもいいかな。ちゃんと着替えも持ってきたし」

「え？」

「帰りたくないんです、家に」

「どうして――」

「あれ？　兄ぃは知ってたんじゃないの？　わたしが母と喧嘩したってこと」

ソ ラ シ ド

10

Ship-building

＊小さな楽園

玄関口にカオルが立っていた。

ソラシドのカオルではない。ピザを運んできたおなじみのカオルだ。でも、頭の中でベースを抱えているカオルは、どこか目の前の彼女に似ていた。痩せていて化粧っけがなく、髪が短くて声が低い。

「また、妹さんですか」

カオルはおれの背後にそれとなく視線を送っていた。「おいくつですか」と訊くので、視線をさえぎるように、「十六」と嘘をついた。実際、オーは一見、そのくらいの年齢に見えるし、どうせ本当のことを言っても、色眼鏡をかけたカオルは兄妹だと信じない。

「二枚」の注文に、この前は、わざわざアヤと二人で来た。今回はピザの箱を重ね持ち、おそらくは、アヤに「妹がいくつなのか訊いてごらん」と言われたのだろう。店に戻るなり、「十六だってさ」と報告するさまが浮かぶ。

「どうもでした――」

彼女が玄関から消えると、コーヒーをいれていたオーが、「十六歳なんかじゃないですよ」と、いかにも不満げに顔をしかめた。「とっくに未成年じゃないし」

「じゃあ、本当のことを言った方がよかったかな」

「本当のことを言うと、何かまずいことになるんですか」

オーはそのセリフを、ゆっくりした口調で、何かしら意味を持たせて言ったように思えた。そのうえで、「どうして、みんな、本当のことを言わないのかな」と、今度はひとりごとのように早口になった。

「みんなって?」

「いえ、だから、母とか――母とか――まぁ、母ですけど」

それで、理恵さんと喧嘩をした経緯をやんわり訊いてみたのだが、

「その前に何かレコードを聴きたい」

とオーがリクエストをした。

「今日観た、サイレント映画って言ったっけ？　あの感じに似合いそうな曲」

「そうねぇ」

おれは指についたピザの油をぬぐい、このあいだオーが来たときから出しっ放しになっていたシングル・レコードの詰まった段ボール箱を探った。「さて、どんな曲だ？」とつぶやき、オーはピザを頬張ったまま、「誰も知らない静かな曲」と答える。

「耳を澄まさないと聴こえないような」

誰も知らない、静かな、静かな——と指先でレコードを探り、そのうち、「これならどうだ」と、つい口走ってしまうような、とっておきの一枚が見つかった。

ロバート・ワイアットの「シップビルディング」。ジャケットの全面にイラストがあしらわれ、タイトルどおり、造船工場の一角を描いたものらしい。画風はどこか絵本のページを切りとってきたかのようで、「この絵だけでいい感じ」とオーの言うとおり、たしか西新宿の小さなレコード屋で、当時、何の知識もないまま絵柄に魅かれて買った記憶がある。

とはいえ、「誰も知らない」ということはない。決して、「聴こえない」ような、か細い音楽でもない。ただ、どことなくひそやかに歌われ、耳に残っている記憶は夢の中で聴いたような感触がある。

針を落とすと、記憶の奥にある輪郭のぼやけたものがターンテーブルの上で再生された。オーはかじりかけのピザを手にしたまま黙って聴いている。三分ほどの短い曲だから、まさしく夢のように終わり、

「もう一回」

とオーが人差し指を立てた。

もう一度、針を落とすと、「知らないけれど知ってる曲みたい」と妙なことを言い出す。催眠術にでもかかったような眠たげな目をしていた。

「昔、聴いたことがあるような、ないような」

それはそうかもしれない。あらためてレーベルに記されたクレジットを確かめると、一九八二年とあった。このシングルを手に入れたのは一九八五年ごろと記憶しているが、ということは、発売されてから三年ものあいだ、輸入レコード屋の店先にストックされていたことになる。それなりに売れていたのだろう。だから、ジャケットに魅かれた自分が拾い上げたように、理恵さんもまた同じようにどこかの店で買いもとめた可能性は充分にある。そして、オーが誕生し、赤児がむずかって寝つかないときに、この曲を小さな音で流して子守唄代わりにしたかもしれない。ロバート・ワイアットの歌声で眠りに就くなんて、

おれも赤児に戻ってやり直したいくらいだ。

「じゃあ、このレコード、昔はうちにもあったんだ」

「もしかしたらね」

「あのさ」――オーは手にしたピザを小さな口でかじり、ピザに出来た自分の歯型を眺めながら、「じつは母と喧嘩をしたのはそのことなの。どうして、昔のものが残っていないのかって、そこから始まって」

おれは食べかけのピザを皿に戻し、すでに冷めてしまったブラックのコーヒーを、それでも、(うまいなぁ)と思いながら飲み干した。

「そのあたり、理恵さんは、あまり話したがらないんじゃないかな」

「そうなんです、本当に。どうしてなのかな」

「いろいろ、複雑なんだろうね」

「でも、でも――」

オーはそこで言葉を選ぶように間を置いた。

「わたしからしてみれば、なんだか過去を消そうとしているみたいで。もしかすると、わたしが生まれたこともひっくるめて――」

少しばかり語気が荒くなっていた。

「それは違うよ」と、おれも声を大きくして否定する。ちょうど音楽が終わったところだったので、「と思うけれど」と声を弱めて補足した。

理恵さんが記憶の一部を意図的に消そうとしているのはたしかなことだ。でも、それはおそらく、彼女なりの自己治療で、ときとして人は、幸福な思い出と不幸な不在とを同時に抱えられなくなる。その不在には——つまり死というものに対しては、どうあがいても抗しきれない。だから、少々、間違ったやり方かもしれないけれど、幸福な思い出を消し去ることで、どうにか不在を受けとめてきたのかもしれない。

「と思うけどね」

急に兄貴ぶってそんなことをオーに伝えると、彼女はおもむろにテーブルの上に転がっていたボールペンを手にした。ピザの箱の表面にごりごりと音をたてて何やら書いている。ひたすらペンを走らせるオーの様子は、コーヒーやピザが冷めていく部屋の中で、そこだけ温度が保たれているかのようだった。

思えば、オーがペンを手にしているのを見たことがない。メールのやりとりばかりで、彼女がどんな字を書くのかも知らなかった。

が、どうやら出来上がりつつあるのは、字ではなく絵のようで、となると、間違いなく目にしたことがない。彼女はひとときも手を休めることなくペンを動かし、そのうち、「出来た」と言うので、覗き込んだら、

「タバルさん。こんな顔じゃなかったっけ？」

驚いた。数時間前のこととはいえ、こちらの記憶にあるタバルさんはすでに輪郭がおぼろげだった。たとえば、目鼻の造作はよみがえっても、髪型の細部や顎のラインがどんなものであったかは思い出せない。そうした曖昧さを、オーの描いた似顔絵がしっかり正していた。まさしくこうだったと断定できるほど確かなものになっている。

「そうか。オーは親父の血を引いているんだからな」

いまさらながら、当たり前のことに思い至った。いちおう、自分にも同じ血が流れているが、絵描きであった父の器用な筆致を自分はまるで受け継いでいない。

「だけど、わたし、父の絵をまともに見たことがないから」

オーが言うには、それもまた理恵さんの「封印」によるもので、父の遺した絵を銀座の画廊が一括して買い上げてくれたことも、最近になって知ったという。

「散逸するのを恐れてね」

理恵さんの弁明をするようにオーに言い含めた。すべて手放してしまうと聞いて、当時、少なからず驚いたのだが、父はいち早く知り合いの画廊に話をつけていたらしい。「親父が望んだことなら」とおれは理恵さんに同意の手紙を書いて一任した。

どうもそうした事情もオーは聞いていないようだった。だから、親父が晩年に描いた作品の大半が理恵さんをモデルにしたものであることも知らないのだろう。

もっとも、自分もまた理恵さんの抱いた思いとは別の感情に邪魔されて、それらを見ていなかった。唯一、関係者への礼状に添えて印刷された父の最後の作品だけは、送られてきた原画を見た。礼状のデザインを頼まれたからだった。

長椅子の上で子供のように体を丸めて眠っている理恵さんが描かれていた。父にしては繊細さに欠ける太めの線で、しかし、自分の知っている父の他の絵には見られないあたたかみがあった。それこそ、絵本の一ページのようで、そればかりはいまでも輪郭も鮮やかに目に焼きついている。

その寝姿にそっくりそのまま、いつのまにかオーがソファーで丸くなって寝息をたてていた。記憶の底から聴こえてきた子守唄に導かれたのかもしれない。その規則正しい寝息を聞きながら、再会したときに教えてもらった理恵さんのメール・アドレスに、

（オーはこちらに来ています。泊まると言っています）

と送っておいた。あえて一方的な報告に留め、暗に返信は無用と示したつもりだったが、意外にもすぐに返信がきた。

（ごめんなさい。いつまでも甘えん坊で困った娘です）

声が聞こえるようだった。しばらく、そのまま画面を眺めていたが、すぐにまた届き、「追伸」という件名にしては、ずいぶんと長い文面がつづいていた。

（オーには秘密なんですけど、彼女から話を聞いて、私もかかげながら、ソラシド探しに参加してみたくなりました。ガルボの店主の連絡先を、あのきれいに生まれ変わったお店の御主人に訊いてみたんです。最近のことはわかりませんが、と断った上で教えてくれました。では、健闘をお祈りしています）

そのあとに、世田谷区羽根木の住所と、携帯ではない03で始まる昔ながらの電話番号が並んでいた。

＊

（一九八六年。十一月某日。めずらしく父から朝早くに電話があって起こされた。寝ぼけながら応じたが、いきなり「たったいま、お前の妹が生まれたぞ」と言うので、しばらく何のことか理解できなかった。）

ノートにそう書いてある。

「理解できなかった」とあるが、理解できてからも、あの理恵さんから自分の妹が生まれ出てきたという事実をすぐに受け入れられなかった。

しかしいま、このノートを読みなおすと、まったく別の思いにとらわれる。「たったいま」と父がそう言ったとき、たしか正確な時刻も口にしていた。電話を抱えたまま時計台が見える一点を探って針を読み、父の言った時刻が時計台の示す時刻のわずか数分前であることを確かめた。つまり、父はオーの産声を聞いた直後に電話してきたことになる。たぶん、他にかける相手がいなかったのだろう。常に冷静さを保っていた父が声を上ずらせるほどの喜びを、あのとき分かち合える者が一人もいなかった。こちらの反応にしても、「ああ、本当。それはおめでとう」とか、そんなところだったろう。

その日はどうやら仕事がなかったようで、ノートの記述もそっけなく、（午後、下北沢のレコード屋へ。）としか書いていない。

もし、父があの世からいまの自分とオーを見おろしていたら、その胸中はいかばかりであろう。その感慨は父にしかわからない。あるいは、誰よりも父こそが行き場のない言葉をいくつも呑み込んでいたのかもしれない。

オーと二人で理恵さんに教わった羽根木の住所に向かい、いまさらながら、頭上に父の視線を感じていた。

おい、親父――と、胸の中に言う。

アンタがやり残したことをどうこうしようとは思っていない。でも、どういう因果か、アンタがあんなふうに生きていなかったら、われわれの「いま」はこうならなかった。おかしなことだ。人間というのは、どんなふうに生きても、あとに残された人間たちに何らかの影響を与える。時間が経つほどに、その影響が水面下から浮上してくる。

訪問先には前もって電話を入れてあった。「この番号は現在つかわれておりません」というアナウンスを予感し、03で始まる数字をプッシュすると、コールが無事に聞こえて、

「南です」

と明るい声が響いた。

そのあとのわずかなやりとりで、〈ガルボ〉の店主その人だとわかったが、電話での短い会話で、「ソラシド」の名を挙げ、「さぁ、覚えてないですね」と返されたらそれきりだ。それで、はやる気持ちを抑えて名前は伏せ、当時、〈ガルボ〉で演奏していたミュージシャンについてお話を伺いたいのです、とそれだけ伝えた。

「お役に立てるのなら、いつでもどうぞ」

その言葉どおり、「どうぞ中へ」と気安く招き入れてくれた南さんは、とても三十年前に喫茶店のマスターをしていたとは思えない若々しさだった。そのことにも充分驚いたのだが、そもそも、行き着いた住所にあった建物の外観に意表をつかれた。小型の飛行機を隠してしまえるほどの大きなガレージで、正面だけが一方通行の車道に面し、あとは見上げるような色濃い緑の樹木に囲まれている。チャイムを押して、「どうぞ」と扉が開くまで、ただ無愛想な銀色の壁がそそり立っているだけだった。

中に足を踏み入れると、外の明るさとの落差なのか、かなり薄暗く感じられた。足もともおぼつかないまま靴底ばかりがざらざらと妙な音をたて、「いま、光を入れますから」

という南さんの声につづいて、五メートルほどの高さにある天窓の覆いが動いた。すりガラス越しに柔らかい光が射し込んでくる。樹々に囲まれているせいか、それでも薄暗かった。

とはいえ、ガレージの内部が、「ここはどこなんだ」と言わざるを得ない空気に充ちていて、おそらく、訪れた誰もがそう感じるのだろう、こちらが訊くよりも先に南さんが説明してくれた。

「まるで映画のセットみたいでしょう？　でも、そうじゃないんです。これはすべて現物で、六〇年代に建てられた市場を屋根だけ取り払って、そのまま持って来ちゃったんです」

南さんはその市場で生まれ育ったという。

商店街の一角にあった典型的なアーケード市場で、「急行も停まらない地味な駅に隣接していた」という言葉どおり、細い通路の両側に小ぢんまりとした店が並んでいた。「精肉」「青果」「乾物」「おでん」といった看板もそのままで、もちろん商品は並んでいないが、精肉店のガラスケースは艶を保ち、乾物屋の陳列箱は塵ひとつなく黒光りしていた。

オーナーがいかにもものめずらしげに見ている。

「奥の右側に文房具屋があって、そこが親父の店だったんです。私はここが好きでねぇ。どの店も居心地がよくて、この市場全体を自分の家みたいに思っていました」

小さな楽園でしたよ、と南さんは付け足した。

「取り壊しになると聞いて、ここへ市場ごと移したんです。だいぶ、いかれてましたから、保存に手こずって。貯金をはたいても予算オーバーになってしまったんで、仕方なく、〈ガルボ〉を手放したんです。まぁ、そろそろやめようか、という潮時でもありましたし」

南さんは〈ガルボ〉を経営していたときから、自主制作のレコード・レーベルを立ち上げ、最初はソノシートやレコードだったのが、やがてCDになり、ここ最近はネット配信で送り出しているという。奥の右側の文房具屋であったところを改装し、机とパソコンを置いて、ひとりで運営していた。

話が進むにつれて、乾物屋の奥にベッドがあり、精肉店のガラスケースの裏に台所があるのを見せてくれた。思わぬところに本棚があったり衣装ダンスがあったりする。

ようするに、ここは南さんの住居で、なおかつ、これまでにリリースしてきたCDやレコードを保管する倉庫でもあった。「おでん」の暖簾《のれん》がさがっている小部屋は、さしずめ応接間だろうか。市場の鼻先に位置し、ありし日は往来へ向けておでん種を売っていたようだ。

ソラシドの話はその小部屋で聞くことになった。「ない」と繰り返しつぶやいてきた者としては、消えずに残された市場の片隅が妙に居心地いい。

「ああ、彼女たちのことですか——」

南さんはやさしげな目をさらに細めて頷いた。それとなく、オーの様子を窺ってみたが、彼女はほとんど南さんの顔を見ていない。にもかかわらず、タバルさんのときもそうだったように、このやさしげな目を、あとになって再現してみせるに違いない。

「彼女たちは最初から別格でした。すでに私の出る幕じゃなくて。うちの店に出てもらったのは、せいぜい五、六回といったところでしょう。メジャー会社の連中が観に来ていましたからね。すぐにでもレコード・デビューするんだろうと思っていました。そういうケースもあるんです。インディーズの経験もなしに、いきなりメジャー・デビューというのが。彼女たちは、それにふさわしかったですし、他とは違う何かがありました。店に出てもらった人たちには、たいてい声をかけて、うちのレーベルで録音しないかと誘っていたんですが、そういうわけで、私はソラシドのレコードをつくる機会がなかったんです」

彼女たちに興味を持っていたインディーズ・レーベルは、どこもそう認識していたと思います、と南さんは言う。

「そんなふうにチャンスを逃してしまうバンドがずいぶんありました。彼女たちもそうですね。もちろん、それだけが理由ではないかもしれないですが——なにしろ、彼女たちは変わっていたんで」

「どんなふうにですか」

突然、オーが声をあげた。

「そうねぇ」と南さんは天窓を見上げ、「なにしろ、録音するのを極端に嫌っていました。だから、普通にスタジオでレコーディングなんてことはなかったでしょう。とにかく、彼女たちはライブが素晴らしかったんです。もし、レコードを出したとしたら、きっとライブ盤だったでしょうね」

「どうして、録音を嫌ったんでしょう?」

そう訊きながら、ついこのあいだまで存在すらあやふやだったソラシドについて、こんな具体的な話をしているのが、なんだかおかしかった。

「正確な言葉は覚えていませんが、たしか、音楽の空気みたいなことをよく言ってました。録音したものには、そのときの空気が記録されない、とか。あのギターを弾いて歌を歌う方の子かな、彼女がそう言ってました」

「モリヤマさんですね」

「そうそう。彼女の名前がソラだったんじゃないかな」

「あの」とおれは口ごもった。「録音が嫌いだったと知ってしまうと、訊く必要もないことかもしれませんが、たとえば、〈ガルボ〉で演奏したときの記録なんかは——」

「それは許可をもらっていました」

南さんはそこで二度三度と頷いた。

「ただ、録音したテープは出演者に差し上げる習わしで、私の手もとには残っていないんです。惜しいことをしたなぁと、ときどき思います。彼女たちだけじゃなく、他にもレコードにならなかったいいバンドやミュージシャンがたくさんいました。私がこうしてレーベルをつづけているのは、彼らや彼女たちを世に送り出せなかった無念さと、少なくとも、きちんと録音を残しておくべきだったと責任を感じるからです。ただ——」

南さんは息をついた。

「ただ、ソラシドの彼女が言っていたことはそのとおりで、自分が愛おしく思っていたのは、音楽だけではないかもしれません。たしかに音楽は演奏されるその場の空気を震わせているわけで、制作の側にまわって実感することがたびたびありました。つまり、録音するときに震えているのは、そのときのその場の空気なんです。でも、再生するときには、もうその場の空気ではなくなっている。違う空気が震えているわけです。そう考えると、音楽って不思議なもんです。本当に耳のいい人はわかるんじゃないですか。空気の違いが。いま思うと、ソラシドの二人はそれを感じていたのかもしれないです」

ますます、聴きたくなってきた。

「どんな音楽でしたか？」と訊くと、「あれ？」と南さんは怪訝そうにこちらを見返した。

「聴いたこと、ないんですか」

「ええ」

「そうですか、聴いたことがないのに――」

どうしてまた？　と南さんはそこまで言わなかったが、これもまた音楽の不思議のひとつかもしれない。聴いたことがないのに聴いてみたい。いや、聴いたことがないから聴いてみたいのは当たり前のようにも思う。しかし、一度でも聴いてしまえば、それまでかもしれず、聴いていないからこそ、「聴きたい」という思いが募っていく。

いま、ネット上に配信されている音楽はあらかた試聴が可能で、試しに聴いて気に入れば購入するシステムになっている。でも、自分が毎日のようにレコードを買っていた時代は、仮に試聴が可能でも、しづらい雰囲気があった。だから、あらかたはジャケットの魅力だけでゲームのように博打のように買っていた。まったく見当はずれなものを買ってしまうこともあり、それでもまた気になる未知のレコードに出会うと、いますぐ聴きたい、と切実に思った。

「空気といえば――」

南さんが思い出したように言った。

「冬の空気、と言ってましたね、彼女たち」

「冬の空気？」

「自分たちはいつも、冬の空気の中にある、冬の音楽をつくりたいんだと」

ソ ラ シ ド

11

Old Brown Shoe

＊フルテンのフィードバック

ふたつの出来事が自分を強く動かしていた。ひとつだけでも充分だったのに。

羽根木のガレージにひっそりと保存されていたかつての市場。無茶な話だが、そうでもしなければ、残せなかった。そこまでして残した情熱も異様だが、残すことなど思いもよらず、平然と建物をつぶして更地にしていく連中もまた異様だ。

というか、いまや右も左もそればかりだ。「ない」「なくなってる」の連続になる。

しかし、そればかりではなかった。有り金をはたき、家屋を手放して留めた人がいた。

南さんのガレージから自分の部屋に戻り、しばらくして、じわじわと来た。南さんは終始、飄々《ひょうひょう》として、「こんな馬鹿げた道楽」と何度も言っていた。

でも、本当はそうではない。

彼は許せなかったのだ。壊す必要のないものを壊し、ようやく自分の椅子を見つけた者たちから、いたずらに椅子を奪いとっていく者たちを。南さんなりの方法で、常軌を逸した抵抗をしてみせた。叫ぶような歌も、アンプのフルテンも使わず、異様に歪んだ音を奴らに食らわした。

ちなみに、フルテンとはアンプのすべてのつまみ――ボリュームとトーンのすべてを最大＝10の位置に合わせることを言う。想像を絶するとんでもない音が出る。ただちにハウリングを起こすので、フルテンにしたら楽器を持ったままアンプに近づけなくなる。近づけば、ジェット・マシン並みのフィードバック音と振動に圧倒される。場合によっては鼓膜が破れるので、フルテンには滅多にしない。でも、演奏中に自分の尻や心臓に火がつくと、衝動的にフィードバックを起こしたくなる。

音楽におけるフィードバックは、主にエレクトリック・ギターの演奏のオプションとして市民権を得ていた。アンプによって増幅された音が弦を振動させ、弦を弾かなくても、楽器とアンプが循環的に音を増幅させて、原理的には永遠に鳴りつづける。

そんな激情をおくびにも出さず、「冬の音楽」と南さんは両手で包み込むように言った。それでもう充分だった。冬の雷に打たれたようで、それまで、もうひとつピントの合わなかったものがたしかな焦点を結んだ。

「よし」と、帰りがけにオーの背中を叩いた。

「なにがよしなの？」

「なんだかわからないけど、尻に火がついた」

無駄に目が輝いていたと思う。火なんてどこにもないし、一切はこちらの勝手な妄想なのだが、そこへもってきて、ふたつ目の雷が落ちた。

深夜の二時だった。

「ソラシド」と表紙に殴り書いたノートを開き、二十四時間営業のファミレスで、さしてうまくもないコーヒーを飲みながら、南さんの話をまとめていた。

「ヤマシタ君——ですよね」

どこからか声が聞こえてきた。

言うまでもなくこういう性格なので、ほとんど友達がいない。だから、「ヤマシタ君」と呼ぶ者は限られていて、まっさきに思いつくのは空中の長屋のかつての住人だった。

目の前に立った男は空色と銀色のラインがはいった濃紺のジャンパーを羽織り、ピンク色のアルファベットが躍る白い野球帽をかぶっていた。

知らないな、と反射的に思った。たまたま、この男が知っている「ヤマシタ君」に似ていたのだろう。そう思う間もなく、「カジイですよ」と男は向かいのシートに腰をおろした。「ほら」と自分の顔を指差して、ニヤリと歯を見せる。

その顔が、バスの運転手の二十六年後であるとは思いもよらなかった。でも、そうらしい。城塞アパートの郵便受けに書かれた「梶井」の二文字が思い出された。

そうか——。

仮に人や物や建物が消えずに残っていたとしても、原形を留めないほど変化してしまうことだってある。いや、四半世紀も過ぎれば、あらかたそうなってくる。かくいう自分の顔にしてもそうだ。

「ヤマシタ君は全然変わらないね」

彼は明るい声でそう言った。こんな快活な声だったろうか。顔つきだけではない。声も性格も変わってしまったのだろう。

「いま、どうしてるんです？」

そう訊かれて、「書く方の仕事」とノートの上でペンを動かす仕草をした。

「そういえば、よく書いてましたよね」

彼は嬉しそうに頷き、それから急に顔を曇らせた。

「それって儲かるんですか」――声色も一転して、ひそひそと暗い。「だって、ヤマシタ君は常に金欠病だったでしょう？　いつ会っても、お金がないお金がないって」

彼はこちらが身に着けているものをひとつひとつ値踏みしているようだった。かつて、松見坂の山賊が旅人を値踏みしたみたいに。

平凡な眼鏡、安い腕時計、よれたコットンの上着、よれたボタンダウンのシャツ――いずれも二十六年前とさして代わり映えがしない。あわれな動物でも眺めるように、彼はこちらを見ていた。

いつ会ってもお金がない――まったくそのとおりだ。南さんのガレージで話を聞いていたときも、自分のさみしい預金通帳を想っていた。

自分は世のたいていの人が親しんだり憧れたりしているものに縁がない。まとまった貯金もなく、家もなく、車もないし、海外旅行にも興味がない。酒にも煙草にもギャンブルにも魅かれず、スーツもネクタイもカフスボタンさえ持っていない。なにより、おれの部屋にはカーテンがなかった。

あるのは、数えきれないくらいのボロいレコードと、数えきれないくらいの他人が書いた本だ。おまけとして、自分が書いた本も数冊ある。

もし、自分に桁違いの預金があったらどうだったろう。廃業の決まったおなじみのレコード屋をまるまる一軒買い取り、無計画に風景を変えたがる奴らにフルテンのフィードバックを食らわしていただろうか。

「僕はいま、スカウトの仕事をしていて――」

彼が変にぴかぴかした名刺を取り出すと、肩書きも会社名も舌を嚙みそうなカタカナが並んでいた。街なかで女の子に声をかけたり、声をかけた女の子の面接をする仕事らしい。

「といってもアレですよ、あの頃の――〈キャッスル〉でしたっけ？　ああいう女の子とは全然、違います」

「運転手の仕事はどうなったの？」

「それはもうとっくに辞めて――そういえば、サリーのことは知ってます？」

「いや、〈キャッスル〉の彼女たちには縁がなかったんで」

「いえ、そうじゃなくて、サリー内田ですよ。またの名をナンシーとかハニーでしたっけ。あの内田さんです。ロクマルヨンゴーの」

ロクマルヨンゴーという響きは名刺に刷られた訳の分からないカタカナみたいだったが、口の中で転がすうち、ああ、六〇四号室のことかと思い当たった。バスの運転手の部屋は六〇九号室。おれの部屋は内田のふたつ隣で六〇六号室。つまり、六〇四号室は内田の部屋だった。

「いい体してましたよね、彼女」

「いや、観に行ったことがなかったから」

「本当ですか？　そうか、ヤマシタ君はストリップよりレコードでしたからねぇ。でも、個人的にはどうだったんです？　知ってますよ、彼女がよく夜中にヤマシタ君の部屋の前に立っていたのを」

深夜二時のファミレスの騒音が遠のき、冷えた夜中にドアがノックされる音が頭の中で鳴っていた。ドアをあけると、内田はいつも寒そうに立っていた。決まって眉をひそめて。

「死んじゃったみたいですよ」

「え？」

「もうだいぶ前の話ですけどね」

だいぶ前？

「睡眠薬と酒を一緒に飲んだのがヤバかったらしくて。スポーツ新聞に小さな記事が載ってました。けっこう、人気あったみたいですよ、彼女」

知らなかった。というより考えたこともなかった。生きていると信じて疑わなかった。けれど、いつかこうしたことが起きるだろうとも思っていた。自分の中では生きている人が、じつのところとっくに死んでいて、急にそんなことを言われても現実に追いつけない。

逆もまたあり得た。

つまり、自分が誰にも知られることなく世を去ったとしても、何人かの知り合いは、何年ものあいだ、ヤマシタはまだ生きていると信じている。付き合いが悪いから、まず間違いなくそうなるだろう。だから、人というのは、死んでからしばらくのあいだ、誰かと誰かと誰かの中でまだ生きている——。

聞かなければよかった。聞かなければ、内田はまだ生きていた。聞いても、現実に追いつけなかったのだが。

梶井とそのあとどんな話をしたか覚えていない。「じゃあ、また」と彼が席を離れ、帰りしなに喫煙室で煙草を吸っていた背中の記憶はある。

（一九八六年。十一月某日。曇り。寒い。夜、内田が部屋に来た。）

そのとき内田は酔っていた。

その日、たまたま誰の本だったか、ものすごく分厚い本の「あとがき」を読んでいて、開いた本を積み上がったレコードの上に伏せて置いてあった。

「おい、イマシタ君」

内田はその本を目にして少し怒ったように言った。肩が左右に揺れていた。

「けしからんな、君は」

その少し威張ったような口調は、けむり先生の物真似だった。といって、内田は先生に会ったことなどない。おれが先生の口ぶりを真似てみせたのが伝染したのだ。

「面白くないぞ、君は。本ばかり読んで」

彼女はところどころ自分の口調がおかしくて笑っていた。

「本ばかり読んでどうするんだ？　君も作家になるのか。君もいつか本を書くのか。そうか、そうなのね」

最後のところだけいつもの内田に戻った。

「ねぇ、そうしたらさ――ヤマシタ君が本を書くときがきたらね、ちょっとでいいからアタシのことも書いといてくんない？　アタシ、たぶん長生きしないし、みんなアタシのことなんてすぐ忘れちゃうでしょ。だから、はしっこの方でいいから、ちょっと書いといてよ」

それだけ言って、内田は力尽きたように目を閉じた。

いつもそうだった。言いたいことを言って眠くなって、二分後に熟睡する。内田には言わなかったが、彼女のためだけに買った一枚三千円の毛布があった。

ノートから顔をあげると、窓の外が青みを帯びていて、何も書かなかったノートを閉じてファミレスを出た。深夜から朝へと向かう冷たい空気はまるっきり昔どおりで、その空気だけはそっくり手つかずのまま残っている。

アンカー室で徹夜の仕事を終え、けむり先生の部屋まで歩いた時間に戻された。

だけど、けむり先生も内田ももういない。自分だけが取り残されたみたいで、それとも、じつは、おれもとっくに死んでいて、誰かの思いの中を歩いているだけなのか。

部屋に戻ると、長椅子でオーが寝息をたてていた。

＊

〈ノックの音がしてドアを開けると、カオルが眉をひそめて立っていた。何かいいことでもあったのかとソラは思う。カオルの癖だった。嬉しいこと、楽しいことがあると、わざと眉間にしわを寄せて、つまらなそうな顔をする。

答えはすぐに明かされた。ドアの陰にダブル・ベースを隠している。

「誰の？」「もちろん、アタシんだよ」「まさか、買ったの？」「安かったから」「だって、本当に弾けるわけ？」「屋上に行こうよ」

ソラが暮らしているアパートの屋上が二人の練習場だった。給水塔があって、物干しがあって、コンクリートはあちらこちらひび割れている。

「いつ買ったの」

「いまさっき」

そのまま、ソラのアパートまで来たという。

それにしても大きな楽器だった。カオルはソラよりもずいぶんと背が高い。それでも、ダブル・ベースを抱えると、なんとなく頼りなく見える。

「なに、笑ってんのよ」

カオルが眉をひそめて弦をはじいた。へその真ん中に音が響き、ソラは笑いながらカオルの顔を見た。眉をひそめているが口もとが笑っている。笑っているカオルを見たのはそれが初めてだったかもしれない。

「すごくいい音」

「でしょう?」

ソラはその音を聴いて、いよいよ自分たちは音楽をつくり出すのだと思った。それまでは既成の音をなぞるイメージしかなかったが、カオルと二人で音を出したとき、真似るのではなく、あたらしくつくるのだと、ほとんど使命に近い思いを覚えた。

もし、あのときのあの実感がなかったら、ソラはおそらく調理師の道を選んでいた。父親の店を継ごうと思っていたのだ。〉

「守山さんはお父さんと二人で暮らしていましたね」

南さんから聞いたソラシドに関する情報は、どんな瑣細なことでも貴重だった。

「お父さんはもともと、なんとかいう有名なレストランのシェフで、体を悪くして辞めてから、御自分の店を開いたんです」

それはスープとパンだけを提供するシンプルなデリカテッセンで、その店の名が〈ソラシド〉だったという。娘の名前を織り交ぜて考案した名だが、父親はほどなくして病気が再発し、志半ばで店を閉めなくてはならなかった。

店を引き継ぐか音楽をつづけるかで、

「彼女はずいぶん悩んでいました」

南さんの視線があちらこちらをさまっていた。

「結局、彼女は音楽を選んだけど、どこか後ろめたい気持ちをぬぐえなかったみたいです。明るい子なのに、難しいところがありました」

「もうひとりの背の高い子は——カオルさんですか——彼女はその逆で、見た目は男の子みたいでニコリともしないんだけど、ぼそりとつぶやくひと言ふた言がおかしくてね。デユオの名前を〈ソラシド〉にしようと言い出したのも彼女だったと思います。パッと見はでこぼこコンビでしたけど、いま思うと、二人は考えることがよく似ていました」

たとえて言えば、〈ソラシド〉という名の一人の人間の内と外を二人の女の子が担っていたのだろう。それは、ときに入れ替わり、内が外に、外が内になる。ソラが泣けばカオルは笑い、カオルが怒ればソラは笑い出した。


〈どんな音楽をつくりたいかと二人で考えたとき、「冬の音楽」とソラがきっぱり言った。

「冬に聴く音楽ってこと？」とカオルが訊くと、

「そうじゃなく」とソラは首を振った。

「じゃあ、冬のイメージが浮かんでくる音ってこと？」

「それも違う」

「意味わかんないんだけど」

「音楽自体が冬なのよ」

「なに、それ」

「音を聴くと、冬の空気を吸ったみたいな感じになる」

「あんたって、なに？　芸術家なの？」

「意外にそうなのかもね」

「面倒くさいなぁ、そういうの」

「いいのいいの、カオルはそのままで。カオルの出す音はそのまま冬の音楽だから、余計なことは考えないでいいの」

「どういうこと？」

「冷たくてあったかい感じ。矛盾するけどね、他にいい言葉が思いつかない。わたしは夏より冬の方が好きで、冬は寒いからあったかいものがおいしくなるでしょう？」

「スープとかね」

「そう、スープとか」

「あ、わかった。アンタはお父さんのスープ屋を音楽でやりたいんだ」

「そうじゃないけどさ――そうなのかな」

「いいじゃん、やっちまえば。イマイチよくわからんけど、アタシの出す音が冬みたいっていうのは嬉しいし」

それからジョージ・ハリスンの話になった。どちらからともなくその名前が出て、ビートルズはジョンでもポールでもなく、断然、ジョージだよね、と意気投合した。ホワイト・アルバムのD面が最高。変な曲ばっかりで。なにしろ、「サボイ・トラッフル」がはいってるし。ジョンの「クライ・ベイビー・クライ」もあるし。あと、ジョージって言ったらあれだよね——。

「『オールド・ブラウン・シュー』！」

二人の声が見事にハモった。

カオルは、あの曲のベース・プレイが自分の理想なのだと力説し、それで最初は〈ソラシド〉ではなく、〈オールド・ブラウン・シュー〉と二人は名乗った。「やっぱり、〈ソラシド〉がいいんじゃない？」とカオルが言い出すまで——。

〈ソラシド〉という名前にソラは抵抗があった。自分の名前が表に出ているのが気に入らなかった。ジョージ・ハリスンが好きなのは、彼が完璧な脇役だったからだ。世界でいちばん素晴らしい脇役。無口でシャイでお洒落な第三の男。

でも、カオルに説得されてしまった。「親父さんの店の代わりに、アタシたちは冬の音楽を演ろうよ」と。〉

「お父さんの〈ソラシド〉は西荻窪にありました。もちろん、いまはもうありません」

南さんの言葉には特別な感慨がこもっていた。

「そうですね、間違いなく自分は素晴らしい時代に居合わせたと思います。でもね、人生の後半がそうした素晴らしいものを看取りつづけることになるとは予想もしていなかったです。だから、せめて音楽だけは残したかった。彼女たちが言ったように、そのときの空気と一緒にです」

話を聞けば聞くほど、彼女たちがレコーディングをしなかったのが悔やまれた。

しかし、本当に一枚もつくられていないのだろうか。

「だと思いますよ。私が知っている限りではね」

〈定期的にライブをつづけてきた結果、ありがたいことに、「レコードをつくらないか」と複数の誘いがあった。話には乗るつもりだったが、せっかくレコードをつくるなら、ホワイト・アルバムのD面みたいに、「最高」と言えるものにしたい。でも、それはあまりに目標が高すぎた。そんな贅沢を言っていたら、いつまでたっても、レコード・デビューなんて出来ない。たとえ、「最高」とは言えなくても、そのときの自分たちの実力をかたちに残しておくのは悪いことじゃない。

「それでいいと思うけどね――でも」

なにしろ、ジョージ・ハリスンを敬愛する二人だ。レコードをつくってうまくいけば、いずれ大きな舞台に立って、輝かしいスポットを浴びるかもしれない。しかし、そんなふうに主役になるのが、「自分らしくない」「そういうんじゃなく」「恐い」と否定的な言葉が繰り出された。

「残した方がいいのかな」とソラが言った。「なんであれ、わたしたちがここにいた証拠」

二人は最初に音を合わせた公園の端、壁と大通りに挟まれたあの場所にいた。

「ここにいた証拠って言うけどさ」とカオルが応えた。「それってまるで、そのうち、ここからいなくなっちゃうみたいじゃん」

カオルはダブル・ベースを抱えなおし、即興でフォー・ビートのウォーキング・スタイルを弾き始めた。右の指にも左の指にもボクサーのようにサポーターを巻いている。指の腹の豆は何度もつぶれて硬くなり、すでに指紋はあらかた消えていた。

「いなくならないようにしようよ、アタシたち」

カオルが弾きながら言った。

「ここにいた証拠に録音をしたって、次の日には更新されてるよ？　二人で音を合わせるたびに良くなっていくのがわかるし、今日より明日の方がうまくいくって、あんた、そう思うでしょ」

「それはそうだけど」

ソラは半年前に父親を亡くしてから、あきらかに気弱になっていた。回復したら店を再開し、あたらしいメニューはこれこれで、ついでに改装もして、「心機一転」と父親は明日のことばかり話していた。そうなるものだとソラも思っていた。

「明日が来ないってこともあるからね」

ソラは肩からギターを提《さ》げていたが、カオルの弾くベースに音を合わせなかった。

「そりゃあ、いつかはみんないなくなるけど――」

カオルは調子よく弾きつづけた。

「自分がいなくなったあとのことなんて、アタシ、どうだっていい。名を残したいとか、そういう野心、ゼロなのよ。たぶん結婚もしないし、子供もつくらない。消えてしまえばもうそれまで。それに、あとになってからもてはやされたって、そこにアタシがいなければ意味ないじゃん」

カオルはそういう性格だった。そんなカオルの心意気に同意したいところだったが、ソラにはもうひとつ割り切れなかった。

「でもさ」とソラは食い下がる。「自分の好きな人や場所や物のためだったら？」

カオルは弾くのをやめて、「どういうこと？」とソラに向きなおった。

「いや、たとえばだけど、自分じゃなくて、トオル君のためだったらどう？　トオル君という人が、ここにこうしていたってことを残したいとは思わない？」

「ちょっと待って、この話にトオルは関係ないじゃん」

「そうかな？　わたしはそう思わない。わたしも自分を残したいとは思わないけど、自分が愛おしく思った人とか物とか景色とかは残したいと思ってる。それでも駄目？」〉

「レコーディングの話を持ちかけたとき、二人が小声で話していたんです」

南さんが教えてくれた。

「『録音は喧嘩になるだけだし』とか、『もう懲《こ》りたよね』とか。それで私は、ああ、先を越されたんだなと思ったんです。うちが最初だと思っていたのに、いち早くどこかのレーベルが録音したんだって」

「ということは、レコードをつくったかもしれない？」

「少なくとも録音はしたんじゃないですかね。話しぶりから、どうもそんな感じでした」

〈「あのさ」とカオルの目つきが変わっていた。「前にも言ったけど、アタシ、トオルのためなら死んでもいいの。だから、そういうことなら、録音でもなんでもする」

「じゃあ、トオル君に捧げる曲をつくったらどう？　だって、彼のおかげで、そのでっかいベースを弾こうって思いついたんでしょう」

「言われてみれば、そのとおり。そうか、自分のためじゃなくて、トオルとか、ミンガスとか、ジョージとかのために演奏するって、どうして思わなかったのかな」

このときカオルはソラに丸め込まれたのかもしれない。でも、そのおかげで彼女たちは録音を残すことになった。

おそらくは、最初で最後の。〉

ソラシド

12

Big In Japan

＊いなくならないようにしよう

オーは「行かない」と言った。

今夜、ニノミヤ君に会うけれど、どうする？　と訊くと、「わたし、ひとりになりたいから」と、これ見よがしに横を向いた。

「考えたいの——そしたら、答えが出るかも——なんだか、もどかしくて」

思いつくまま言葉を並べていくのはいつもどおりだったが、どうしたわけか、やけに横顔が大人びて見える。

もどかしい思いはこちらも同じだった。

何かしら言いようのないものが兆すと、「もどかしい」のひとことしか出てこない。不安と喜び。喪失と到来。左右を向いたふたつのものが、ひとつになって胸の中にあふれ、どうしていいかわからなくなって、体を動かしたくなる。

それで、オーを駅まで見送って、そのまま歩いた。オーも、まっすぐ帰らなかったかもしれない。自分も若いときはそうだった。山手線に乗って意味もなく二周し、そのうち、自分がいまどこにいるのかわからなくなった。

わけもなく絶望的な気分だった。わけもなく不安に支配され、目にはいるものすべてが醜悪に映った。携帯電話もない。音楽を携帯して聴く習慣もなかった。ただ、頭の中にはそれまでレコードで聴いてきた雑多な音楽が詰め込まれ、その頭の中のジューク・ボックスにいつも救われた。それはときに冷たい音楽を奏で、思い切り感傷的なところへ引き込んだ。かと思うと、情動を煽ってくる。つまりは、前へ進んでいく勇気をもたらすイキのいい音楽を鳴らしつづけた。

いまもそうだ。

いまでも小さく大きく頭の中や胸のうちに切々と響く。実際に聴くよりも、そうした頭の中の音楽がリフレインされる方が自分の絶望や不安にはずっと効き目があった。

ニノミヤ君と約束した〈トルネード〉まで遠回りに歩いた。夕方が去って夜に入れ替わるのを知らせるように雲が動き、低気圧が迫っているのか、高速で再生されたみたいに黒やグレイのまだらが空を流れた。神様はたまにそうして空を使って時間の流れを示す。どれほどのものが、どれほどの速さで流れているのか、「さぁ見よ」とばかりに。

＊

「見つかりましたよ」

〈トルネード〉で顔を合わせると、こちらの思いを読みとったかのようにニノミヤ君は穏やかに言った。人は興奮を通り越すと妙に冷静になる。その冷静さがこちらにも伝染した。

「本当に？」と短く応える。

どういうわけか酒場の中も冷たく静かで、たれこめた雨雲のせいか、客の数も少ない。ハヤクハヤクの男が、かけずり回ることもなかった。

「タテ場のシシドさんが見つけてくれたんです」

濡れたテーブルをハンカチで拭き、ニノミヤ君は持参した紙袋から、まずは勿体《もったい》ぶって雑誌を一冊取り出した。それから矢継ぎ早に、二冊、三冊と重ね置き、しまいには十冊もの古雑誌が積み上げられた。

「こんなに？」

「ええ。どれも小さな記事で、ほとんど一行きりの告知ばかりですが、該当箇所にシシドさんが付箋を貼ってくれました」

そこだけ赤い付箋が雑誌のてっぺんから舌を出している。

興奮を通り越して行き着いた冷静が、赤い舌に誘われて、いまいちど乱れつつあった。指にざらりと触れる雑誌の感触に記憶があり、「そうだった」とつぶやきながら、ページをかきわけるように赤い舌の示すものを目で追った。タテ場でも感じたが、こうして一冊一冊、手に取って確かめると、地層の深いところに、直接、手を触れた思いになる。

四半世紀前、自分は来る日も来る日も、こんなザラ紙雑誌のレイアウトをしていた。数号のみ発行して廃刊したマイナーな雑誌もある。アンカー室で目の前の仕事をこなしながら、空いた時間を利用して、そうした雑誌のレイアウトをしていた。けむり先生も同じく同時に三つも四つも原稿を書いていた。

あの時代、じつに多くのライターとレイアウターがマシンガンを撃つように誌面を埋めていった。なのに、自分がレイアウトした雑誌は一冊も手もとに残っていない。

「流れ星みたいなもんだからね」と先生は言っていた。「そんなもの、後生大事にとっておいても仕方ない」

弟子として、その言葉に従っていた。モノがなければ記憶も遠のいていく——そう思っていたが、夜空に一瞬だけまたたいた流れ星が、こうしてシシドさんのタテ場で隕石として発掘された。時間が経てば、こんな拾いものに出会うこともある。

「それにしても」と、おれは十冊の古雑誌をめくりながら、シシドさんの探査能力に驚嘆していた。「長年の勘ですよ」とニノミヤ君は言う。

「一応、当時、流通していたインディーズ系音楽雑誌のリストをシシドさんに渡しておいたんです。でも、そのリストにはないものも何冊かまざっていました」

共通しているのは、すべて一九八六年の発行であること。十冊のうち七冊はニノミヤ君の言う「一行きり」のライブ告知で、しかし、そんなものこそ、よくぞ見逃さずに拾い上げたものだ。

それらを見る限り、ソラシドの二人は都内のライブハウスで頻繁に演奏していたことがわかる。たった一行とはいえ、こうした情報があのタテ場の中に埋もれていたとは——。

「ワン・オブ・ゼムです」

ニノミヤ君が、またも、こちらの胸中を見透かしたように言った。

「この仕事をしていると、いつもそう思います。自分が見つけ出したものは、常にワン・オブ・ゼムで、見つかった数が多ければ多いほど、そう思います。実際はもっとあるんです」

そうかもしれない。「ないだろう」と判断していたのは、こちらの思い込みで、ただ自分が知らなかっただけなのだ。人は、それがそこに「ある」と容易に証明できるが、それが「ない」と証明することは、いかにも難しい。

十冊のうちの残りの三冊がそう訴えていた。その三冊には、いずれもソラシドに関する小さな記事が掲載され、そのうちふたつは、「インディーズにおける女性アーティストの躍進」というくくりで、デュオであることと、そしてやはり、カオルのダブル・ベースを「特異だ」と記していた。写真はない。もうひとつのコラム記事にも残念ながら写真はなかった。

しかし、驚いたことに、プロフィールと共に、「デビュー・アルバムのレコーディングを終えたばかり」という決定的な一行が見つかった。

その一行だけが誌面から浮き上がって見え、それであやうく見逃しそうになったのだが、そのわずか二十行ほどの記事の末尾に、（松山太郎）という署名があった。

「そうなんです」

ニノミヤ君がさらにこちらの心中を察して紙袋の中から一枚のコピー紙を取り出した。インターネット上の画面をプリントアウトしたものだ。

「ネットで調べてみたんです。その松山太郎さん。めずらしい名前ではないんで、何人かいらっしゃって。手当たり次第、チェックしたら、たぶん、この人じゃないかというホームページが見つかったんです」

どうやら、ニノミヤ君が開口一番、「見つかりました」と告げたのは、このことを指していたらしい。

画面は松山氏の顔写真と何冊かの書影で構成され、「ひとりきりの出版社」と見出しが控え目に置かれていた。そのあとに、「松山太郎」という名前がつづき、プロフィールが小さな文字でつづられている。

要約するとこんな感じだった。
・大学在学中より音楽誌を中心にライターの仕事を始め、三十代になってからは編集の仕事と並行してつづけてきた。

・四十代の終わりにさしかかって、一人で出版社をおこし、これまでに三冊の本を上梓して、いずれも増刷を重ねるヒットになった。
・最愛の曲はトム・ウェイツの「Big in Japan」。
・最愛の本はジャック・ケルアックの『オン・ザ・ロード』。
・老いた雑種犬を飼っている。

最初は「松山太郎」という記号のような四文字に惑わされていた。が、プロフィール欄の冒頭に「マツヤマタロウ」というカタカナを見つけ、「ああ、そうか」と、あらためて写真の顔を見なおした。たぶんそうだ。いや、きっとそうだ。この松山太郎は、あのマツヤマタロウに違いない。

といって、会ったこともないのだが、プリントアウトのやや暗めの顔写真は、自分と同世代ということもあって、どこかしら親しみがあった。

右と左を向いていたものが向き合ってひとつになった。向き合った真ん中に「冬の音楽」という言葉があり、ソラシドとマツヤマタロウが思いがけずそこでつながっていた。

〈空を見上げる間もなく、雲に急き立てられるように、突然、時間が速く流れ始めた。

レコーディングの当日になっても、ソラとカオルは右と左を向いていた。一度は了承したカオルだったが、「録音したら、そこで止まっちゃうから」と、また拒否している。

「完成しちゃうでしょう？　アタシ、それが嫌なんだよ。音楽ってどこまでもつづくからいいんじゃない。違う？　ソラもアタシと同じように考えてると思ってたけど」

「カオルの言ってることは正しいと思う」

ソラはレコーディング・スタジオの隅でギターのチューニングをしながら応えた。

「だから、今日、録音する演奏も完成品じゃないの」

「そうじゃなくてね、録音することで完成したみたいな気になっちゃうってこと。それがずっと残っていくんだから」

「残っていかないよ、私たちのレコードなんて」

「なに、その後ろ向きな発言」

「後ろ向きはカオルでしょう？　カオルはレコードをつくるのが嫌なわけ？」

「レコードはつくりたいよ。決まってるじゃん。アタシくらいレコードの好きな女はそういないから。だから、ホント信じられない。自分たちのレコードをつくるなんて」

「じゃあ、つくろうよ」

「ああ、もどかしい」

カオルは胸をおさえた。

「つくりたいけど、つくったら終わりじゃん。完成じゃん。もっと、果てしなくつづけたいんだよ、アタシは」

ソラはため息をついた。わかってる。すべてカオルの言うとおりだ。本当は自分もそう思っている。レコードは繰り返し何度も聴くもので、少なくとも自分は擦り切れるほど聴いてきた。それは特別なものであって、選ばれたものだった。それがこんな、いまにも雨が降り出しそうな木曜日の夜に、澱んだ空気のスタジオで録音されるなんて——たぶん、カオルもそう思っている。

「ひっくり返せないかな?」ソラはカオルの方を見なかった。

「何を?」とカオルもソラの方を見ない。

「このもどかしい気持ち——」

「そうか」とカオルはソラを見た。

「面倒なこと考えずに、やりたいようにやればいいんだよね」

ソラもカオルを見返した。〉

＊

驚いたことに、生身のマツヤマタロウ氏はプリントアウトの暗さを吹き飛ばすかのような豪快に明るい人物だった。

意外だった。『冬の音楽』という本をつくろうというのだから、うつむき加減で物静かな人物を思い描いていた。

「まさか、原稿が届く前に御本人がいらっしゃるとは」

マツヤマタロウは滑舌よくそう言って握手をもとめてきた。握手なんて何十年ぶりだろう。差し出された名刺には漢字ではなく、「マツヤマタロウ」と表記されている。それが目の前の彼によく似合っていた。

「なぜ」「どうして」「じつは」といった前段はすでにメールのやりとりで済んでいた。だから、握手をして、名刺を交換したら、あとはもう、いきなりソラシドの話になる。

「〈ポーク・パイ・ハット〉っていうジャズ喫茶が下北沢にありまして。そこで私、働いてたんです」

マツヤマタロウはレコード棚に目をやった。オフィスの四つの壁面のうちふたつがレコードで埋めつくされ、そこだけ、自分の部屋によく似ていた。

ただし、マツヤマタロウはおれの二百倍は几帳面で、あらゆるものが整頓され、窓には当然のようにカーテンがさがっている。

ソファの端には、「老いた雑種犬」であるジュリー君が丸くなっていた。彼はほとんど動かない。音を発しなかった。あらかた眠っているようだったが、ときおり思い出したように頭をもたげてマツヤマタロウの顔を確認する。たぶん、そうすると安心するのだろう。マツヤマタロウの顔には、たしかに人や犬を安心させるものがあった。丸みを帯びていて、眼鏡の奥の瞳にやわらかい光が宿っている。

「最初は客だったんですけど、ライターの仕事だけでは食っていけなかったんで。それでレコード係を担当させてもらったんです。私の他に、もうひとりアルバイトで働いている青年がいて、その彼がソラシドのベースを弾いている方の彼女――カオルさんですね、彼女の弟だったんです」

マツヤマタロウは不意にソファから立ち上がり、「ちょっと失礼」と言って、そのまま隣の部屋に入ったきりしばらく出てこなかった。ジュリー君が心配そうに隣の部屋につづくドアのあたりを見ている。おれも少し心配になって見守っていると、「どうもすみません」と声が聞こえ、こうばしい香りと共に、銀色のお盆の上にコーヒーを載せて戻ってきた。

「ポットにつくってあったのを注いだだけの手抜きコーヒーです」

マツヤマタロウがカップに口を当てて飲む様子がいかにも美味しそうだった。こちらもさっそく一口いただく。とても作り置きしてあったとは思えない香り高いコーヒーだった。

「これはその店で教わった味です。トオル君にね――トオルっていうんですよ、彼。カオルさんの弟。双児でね。見分けがつかないくらいそっくりなんです」

話しながらマツヤマタロウはコーヒーをすすり、〈ポーク・パイ・ハット〉は五年前に閉店してしまったので、「この味はもう幻です」と懐かしんだ。

「トオル君に誘われたんです。姉貴がライブをやるんで一緒に観に行きませんかって」

〈「ミンガスみたいなでっかいベースを弾いてるんです」とトオルはマツヤマタロウに宣伝した。「観て気に入ったら、雑誌で紹介してもらえませんか」

マツヤマタロウにしてみれば、よくあることだった。「このレコードを聴いてください」「今度、ライブがあるんで観にきてください」——日常的に耳にしていたので、「もちろんいいよ」とそのときは日常的に返事をした。

しかし、実際に目と耳にした彼女たちの演奏はまったく日常的ではなかった。女性デュオという先入観をひっくり返す図太い音で、それでいて、軽やかな疾走感があった。二人で演奏しているからデュオなのだろうが、彼女たちには、「重厚と軽快」という相反するふたつのものが同居していた。大げさに言えば、右と左、上と下、南と北といった、この世のあらゆる両極＝デュオがハーモニーを奏でていた。

トオルとカオルもまたひとつのデュオで、二人は明らかにひとつの魂を共有していた。

「もし、姉貴がいなくなったら、僕も終わりです」

だから、カオルには音楽をつづけて欲しかった。カオルは音楽をやめたら、そのまま二度と動けなくなるかもしれない。

「レコードが出るんです」

トオルはマツヤマタロウに宣伝しておいた。はたして、彼女たちの音楽が三十センチのレコード盤におさまるものなのかとマツヤマタロウは「歓喜」と「不安」のふたつを抱いた。

「とにかく、出来あがったら、すぐに聴かせてよ」

マツヤマタロウはそれから何度かトオルにそう繰り返した。少し先走って、雑誌のコラムでレコーディングに触れてしまったが、すぐには出来上がらず、なかなか出来上がらず、そして、とうとう完成しなかった。少なくとも、マツヤマタロウは聴いていない。トオルの話では、録音はしたけれど発売には至らなかったらしい。

「満足いかなかったみたいです」

というトオルの話に、マツヤマタロウは失望しながら納得もしていた。

「望んでいたような、冬の音楽にはならなかったようで」

「冬の音楽？」

「ええ、こればかりは僕にもよくわからないんですが、二人はそんなふうに呼ばれる音楽を目指していて——」

それがその後、実を結んだのかどうか、マツヤマタロウは知らない。

トオルは〈ポーク・パイ・ハット〉を辞め、同じ頃、マツヤマタロウはライターの仕事が波に乗って多忙をきわめていた。ソラシドのことはそれきりになり――いや、本当にそれきりになっていたら、「冬の音楽」という言葉はよみがえらなかったかもしれない。

トオルが〈ポーク・パイ・ハット〉を辞めたのはカオルの代役をつとめるためだった。

カオルは「音楽に専念したいから」と言い出し、それまでつづけてきたラジオ局の仕事を「辞めようと思ってる」とトオルに電話で伝えてきた。

「本当は辞めたくないんでしょう?」

トオルが指摘すると、

「でも、これ以上は無理。どっちも中途半端になるから」

カオルはそれだけ言って沈黙した。

「じゃあ、僕がやるよ」とトオルは決断した。「姉さんのフリをして、代わりに僕がラジオ局で働く。もし、戻りたくなったら、また交替すればいい。大丈夫。誰も気付かないから」

はたして、誰ひとり気付かなかった。〉

「再会したのはおととしです」

マツヤマタロウはジュリー君の体をさすりながら遠い目になった。四半世紀前の話をするときは昨日のことを語るようだったのに、わずか二年前のことに目を細めている。

「まったく音信不通だったのが、ネットで私の名前を見つけたらしく、急に訪ねてきたんです。いま、駅前にいるんですけど、どうやって行ったらいいんですかって」

「トオルさんがですか？」

「ええ。ちょうど夕方のこんな時間でした。そこの玄関口に立って、急に来てしまってすみませんって。だけど、彼、全然変わってなくて、ちょっと、ぎょっとするくらい。もしかして、時を超えて昔の彼が出てきたんじゃないかっていうくらい。彼は彼で、マツヤマさん、本当に歳とってるんですか、とか言って、そこに――その、いまヤマシタさんが座ってるそこへ座って」

思わず、腰を浮かしかけた。

急にソファが体温を持ったかのように生あたたかく密着してきた。

「今度、ＣＤが出るんです――と言ってることも昔のままで、最初は何の話をしているのかわからなかったんですが、よくよく訊いてみると、トオル君もカオルさんの影響でダブル・ベースを弾いているそうで」

「そうなんですか」

「いや、昔は弾いてなかったんですよ。いつのまにか、そんなことになっていて。でも、カオルさんのことを思えば、必然という気もするし」

「トオルさんとは、その後も連絡をとっているんですか」

「とってます」

マツヤマタロウはいかにも当然のように答えた。

「なんだか、昔のリフレインみたいなんですが、出るんです、と言ってた彼のCDがまだ完成してなくて。私としては、今度こそ最後まで見届けて、どこかにレビューを書きたいと思っています。だから、連絡が途絶えないようにしてるんです」

「ということは、トオルさんに会うことは出来ますか」

「もちろん、私はそのつもりでヤマシタさんにお会いしているんです」

ソラシドについて知りたい、というこちらの用件はすでにメールで伝えてあった。

「私が知っていることは限られているんで、それなら、トオル君に直接訊いた方がいいんじゃないかと思いまして」

マツヤマタロウはジュリー君をさすりつづけていた手を休めると、あらかじめ用意してあった一枚のメモを差し出した。

「これが彼の住所です」

ソ ラ シ ド

13

Clair

＊ No.A039912

「住所」とマツヤマタロウは言ったが、手渡された紙きれを確認すると、記されていたのは一行きりの電子メールのアドレスだった。

もっとも、それとて電網空間における住所には違いない。それに、東京都××区と現実の地名が並んだ住所をいきなり見せられても、実感が湧かなかっただろう。

そもそも、頭が追いつかなかった。

だから、マツヤマタロウが、「ところで冬の音楽のことですが」と話し始めても、それが依頼されていた原稿の話だとすぐに気付かなかった。

「彼女たちのことを書いてみませんか」とマツヤマタロウは唐突にそう言ったのだ。

「トオル君に再会するまで、正直、私はソラシドのことを忘れていました。『冬の音楽』という言葉も忘れかけていましたが、漠然と自分が二十代に聴いていた音楽をイメージしていました。そこへトオル君があらわれて、ふと、つながったんです。そうだ、『冬の音楽』だと。あの頃、毎日のように聴いていた音楽と、音楽のまわりにあった空気のようなもの、そういったもの全部をひっくるめて、『冬の音楽』と呼ぶのがふさわしいと」

マツヤマタロウの声が熱を帯びるたび、ソファの端にかしこまっていたジュリー君が頭をもたげて主人の様子を不安げに眺めていた。

「だから、私自身が書こうかと思っていたんです。あの頃、そんな二人組の女の子がいて、彼女たちはビルの裏側の冬の空気を歌っていたと」

マツヤマタロウが何を言いたいのか、あの時代に冬の空気をたっぷり吸っていた者なら、きっとわかる。

ビルが建ち並んだ表側の世界は毎日がお祭りのようだった。夜が明るかった。世界中の酒が呑み尽くされ、シャンパンで口をゆすいで、訳のわからない料理を胃袋に送り込んでいた。誰も彼もが浮かれ、道化のように派手でだぶついた服を日替わりで着こなしていた。

でも、ビルの裏手には排気口から吐き出された空気がたれこめた冷たい路地があった。自分はいつもそんなところを歩いていた。

「あの時代はバブルのひと言で簡単にくくられていますが、少なくとも私はそんなものとは無縁でした。だから、仮に同じ歌を聴いていたとしても、豪勢な連中に小洒落た音楽に聴こえていたものが、自分にはどこか物悲しい冬の音楽にしか聴こえなかった」

マツヤマタロウは両手を組み合わせて膝の上に置いて、少し前屈みになり、

「ヤマシタさんは――」と言いかけたので、

「同じですよ、こっちも」と即答した。

「残ったのはレコードだけです」

「そう。残ったのはレコードだけ」

マツヤマタロウはわれわれを取り囲んでいるレコード棚を眺めた。おそらく、同じような路地裏を歩いて同じようなレコード屋に通い、同じようなレコードを買って、何度も繰り返し聴いていた。

「ソラシドに興味をお持ちだというメールを読んで、すぐに思いついたんです。ヤマシタさんなら彼女たちの存在をうまく紹介してくれるんじゃないかと」

「いや、しかし、こっちは見たことも聴いたこともないわけで」

口ぶりはいきおい否定的になったが、ノートの表紙に〈ソラシド〉と殴り書きしたとき

からすでに書き始めていたとも言える。

「たぶん、トオル君が教えてくれます」

マツヤマタロウは快活に言った。

「彼女たちの幻のレコードは、たぶん、トオル君が持っています」

「そんなものがあるんですか」

おれは尻を浮かせて前のめりになり、「レコードが?」と確かめると、

「いや、そこのところはトオル君も本当に口がかたくて、詳しくは教えてくれないんです。私ももちろん訊きました。その後、ソラシドはどうなったのか、いまはどうしているのか、お姉さんのカオルさんはいま――」

とマツヤマタロウがその名を口にしたとき、どういうものか、ストリッパーの内田のことが思い出された。

「健在なんですよね?」

口が勝手に動く。

「ええ、たぶん――」

マツヤマタロウは、若干、自信なさそうに視線を泳がせた。

「カオルさんに直接会ったわけではないんですが、トオル君がそう言ったんです。ソラシドについては姉貴から何も話すなと言われてるって」

「じゃあ、レコードっていうのは——」

「テスト盤をつくったらしいんです。アセテート盤の。仕事柄、私も何枚か持ってますが、録音した素材をざっくりトラックダウンしてプレスしたものです。私がソラシドのレコードはどうなったのかと、しつこく訊いたので、トオル君が、姉には秘密ですよ、としぶしぶ教えてくれました。彼女たちはトオル君に一枚きりのテスト盤をプレゼントしてくれたそうで、レコードはリリースされませんでしたが、アセテート盤は残っているんです」

＊

マツヤマタロウの仕事場を出て駅まで歩いているとき、携帯にオーからメールが届いて、

（母の番号はA039912でした）とあった。

（番号？）と返すと、（ホワイト・アルバム）と返ってきて、そういうことかと納得して、

（お母さんのレコード、見つかったんだ？）と送ったら、（押し入れから全部出てきた）と

返ってきた。

(残ってたんだ)(そうなの。全部、捨てたって言ってたけど、嘘だった)(会えるかな?)

(わたしも会いたい)(じゃあ、トルネードで)(六時に行きます)

そのやりとりには、凝縮された様々なものが含まれていた。とりあえず、理恵さんと仲直りしたようで、理恵さんは押し入れの中に封印していたレコードを取り出してきてオーに見せたらしい。その中にビートルズのホワイト・アルバムがあったのだろう。理恵さんが所有しているのがどんなバージョンなのか正確にはわからないが、おそらくは一九七〇年代の日本盤に違いない。

当時、流通していたホワイト・アルバムは真っ白なジャケットの右下に全世界共通と言われている通し番号が刻印されていた。本当かどうか、同じ番号はふたつとないと言われている。理恵さんが買った盤は「No. A0399912」で、ちなみに、おれが買った盤は「No. A025036」だった。

その『A025036』というアルファベットと数字の並びを、そのままタイトルにしたものが自分の書いた最初の本だった。その番号は自分だけのもので、だから、自然と自分のことを振り返って書いた。はじめてホワイト・アルバムを聴いた少年時代に始まり、繰り返しその二枚組ばかりを聴いていた自分の春の時代——いわば、「春の音楽」の物語だった。

オーはそうしたことをふまえて、刻印されていた番号を伝えてきたのだろう。

「『A025036』を読んだの?」

〈トルネード〉のテーブル越しにオーに問い質すと、

「昨日、はじめて読んだ」

オーは妙にこざっぱりした様子だった。

「Aの039912を聴きながら。本の主人公は兄ぃのことかなと思いながら読んで、レコードは母の若いときを思いながら聴きました」

オーはめずらしくハイボールを注文し、リスが前歯で木の実をかじる要領でちまちまと呑んだ。

「わたしって、つくづく同じところをぐるぐる回ってるだけで、ちっとも前に進んでない。本当に成長してないなって思う。でも、母が、もういいわって言いながらレコードを出してきたとき、はじめて、あ、なんか動いたって感じた。それが何なのか、わたしにはまだわからないけど、たしかに何かが動いたの。ゲームで言ったら、最初のエリアをクリアして次のステージに入り込んだみたいな感じ」

「つまり、封印が解かれたってこと？」

オーにマツヤマタロウから教わったトオルさんのメールアドレスを見せ、事の推移を説明して、「こっちの封印も解かれるといいんだけど」と息をついた。

＊

しかし、封印はそう簡単に解けそうになかった。

件のアドレスに「はじめまして」から始まるメールを送り、自分はマツヤマタロウ氏からソラシドに関する原稿を依頼された者です、と名刺代わりにそう書いた。

（ついては、有本薫さんの弟さんでいらっしゃる貴方に、ぜひ、お会いしてお話をうかがいたいのです。残念ながら自分はソラシドの音楽を聴いたことがなく、松山氏のお話によると、一枚きりのアセテート盤をお持ちとのこと。可能であれば拝聴いたしたく、また、もし許されるのであれば、有本薫さんに、直接、お目にかかりたいのですが、併せて御検討願えれば幸いです）

送信するときに、自分でも驚くほど指先が震えていた。

人は、ときに、指先だけが別の生き物のように勝手に震え出す。

二十四年前もそうだった。


父の遺体が安置された総合病院の地下の一室で、なかなか父の顔に載せられた白い布をめくることが出来なかった。

指先が震えていた。

血圧の高かった父が、ある日突然そうなるであろうことは充分予期していた。だから、白い布に触れるまではまったく冷静だった。来るべきものが来ただけのことで、病院に向かうタクシーの後部座席で踏切の規則正しい警告音を聞きながら、急行と特急と準急と鈍行が行き過ぎるのをじっと待っていた。


父は母と築いた家庭を放棄して一人暮らしを始めていた。その挙句に理恵さんと新しい家庭を持ったのだから、すでに自分とは遠く離れていた。その距離がさらに広がっただけのこと。そう思い定め、延々と通過していく列車に焦れることもなく、味のしなくなったガムをひたすら噛んでいた。

どうしてガムなど噛んでいたのかわからない。霊安室に入る前に医者がこちらの口もとを凝視しているのに気付き、あわてて銀紙に包んだ。

「お父様のご職業は?」

医者の手首に数珠が巻かれていた。

「画家です」

それを最後に、父について訊かれることも答えることもなくなった。

子供のころは「画家です」とどこか得意げに答えたが、オーはそんな父を知らずにきた。それとも、封印を解いた理恵さんは父のことも話したのだろうか。父の描いていた絵がどんなもので、ついに大きな展覧会を開くことはなかったけれど、作品を発表するたび、それなりに評価を得ていたことを。


葬儀が終わって喪服を脱ぎ、ジーンズに穿きかえたら、尻のポケットからガムをくるんだ銀紙が平たくつぶれて出てきた。父に関する記憶はそこで終わっている。

もし、理恵さんがオーに話したのなら、自分が話す機会はなくなったわけで、それならもうその件に触れる必要もない。

あるいはトオルさんも、彼の姉に対して同じように考えたのかもしれない。指を震わせて送ったメールの返信は、封印を解くには至りそうになかった。

（返信が遅くなってすみません。山下さんのことは松山さんから聞いています。ソラシドについて知りたいとのこと。さっそく姉に伝えましたが、本人はお話しすることはないと申しています。ですので、当時のことなど、もし、僕でよろしければ、覚えていることをお話しします。ただ、前もってお伝えしておきますが、姉を探すことは、これで終わりにしてください。もし、松山さんから事前にお話がなかったらお断りしていました。ソラシドを紹介してくださるのは有難いのですが、すべては終わったことです。姉がそう申しております）

（ありがとうございます。了解しました）とメールを打ちながら画面に一礼した。（有本さんの御都合のよろしい所へ伺います）

（では、僕の店に来てくれますか。夕方の早めの時間ならお客さんもいないので。高円寺

の古着屋です）

そのあとに、今度こそ住所が記されていた。

＊

二日後の夕方、オーと二人で高円寺駅から五分ほど歩いた裏路地に面した店の前に立っていた。暗い穴ぐらのような風情で、店の外にまで古着がはみ出している。

ブリキの看板には〈Old Brown Shoe〉と赤いペンキで書かれていた。「オールド・ブラウン・シュー」とはまた古着屋の名前にぴったりだが、しっかりジョージ・ハリスンの曲名を拝借しているのが住所よりも明快に「ここが、そうだ」と謳っていた。

「入るのに、ちょっと勇気が要る」

オーが率直な感想を述べた。

「知らなかったら、たぶん入らない」

でも、穴ぐらの奥から小気味良い音楽が聴こえていた。

「この曲、なに？」

オーが目を閉じてメロディーを追ったが、目を閉じなくてもすぐにわかった。ギルバート・オサリバンの「クレア」だ。昔、よく聴いていた。だからまるで、自分だけに聴こえているかのように響く。

が、音楽の印象とは裏腹に、穴ぐらに一歩足を踏み入れると、そこかしこにぶらさがっている無数の古着に圧倒された。そこが古着屋であると知っていたからまだよかったが、何も知らずに放り込まれたら、衣服が人の抜け殻に見えただろう。

「まぁ、抜け殻には違いないけど――」

「すみません」

オーが元気よく声をあげ、「お邪魔しています」と音楽が鳴る方に声を向けた。

「誰もいないのかな」

先に立って進んでいたオーが、突然、「んっ」と息を呑むような声をあげ、「どうした」と急いで追いつくと、オーの背中ごしにようやく漆喰《しっくい》の壁が見えた。

その壁の前に置かれた古びたソファに、力尽きて埋まり込むようにひとりの男が眠っていた。寝顔があまりに穏やかだったが、死んでいるようにも見え、どういうものか、その人がトオルさんであるとすぐにわかった。

「見分けがつかない」ほど二人は似ていたとマツヤマタロウが言っていた。

ということは、いま目の前で眠っているトオルさんの寝顔は、そっくりそのままカオルさんの寝顔と考えてもいい。

「すみません」とオーが声を大きくすると、ようやく、トオルさんは目を覚まして、「あ、はい」とこちらを見た。

「ヤマシタさん？」

「ええ。妹と来ました」

「ごめんなさい、眠っちゃって」

トオルさんは急いで立ち上がり、それからソファの端に座りなおして、その横へ座るよう促した。

「おやすみのところ、申し訳ありません」

オーがこれまで聞いたことのない丁寧な口調でそう言った。

「いえ、いいんです」

トオルさんはソファの横に置かれたＣＤプレイヤーに手を伸ばすと、ほとんど聴こえないくらいに音量を絞った。

頭の中でしきりに計算していたのだが、トオルさんと自分はさして年齢が変わらないはずだ。なのに、彼は明らかにずっと若く見える。時間というのは万人に平等に流れない。仮に生まれた日が同じであっても、息絶える日はそれぞれなのだから、時間なんてものは、そもそも平等なわけがない。

青年期の面影をとどめているかのようなトオルさんの顔を間近に見て、その向こうに、カオルさんを透かし見ていた。髪の短い少年のような彼女——。

「姉はずいぶん前に音楽をやめました」

彼は自分の指先を右、左と揉みほぐしながらそう言った。決して大きな手ではない。指先が丸く変形していて、ひと目見て、弦楽器を——それも相当にごついヤツを相手にしてきたことが窺《うかが》い知れた。

「ソラシドはもう昔のことです。あんなに好きだったベースも、いまはもう弾きません。姉はいまラジオ局で働いています。もう必要ないからと言って、愛用してきたダブル・ベースを僕にくれたんです。いまはだから僕が弾いています。受け継いだんです」

僕——とトオルさんが口にするたび、そこだけ、まだ声変わりをしていない少年の声になった。

「あ」と、そこで彼は何かに気付いたようで、おれとオーの顔を交互に見て、「お二人は一度も聴いたことがないんですよね？　ソラシドの演奏。じゃあ、もしかして、姉がダブル・ベースを弾いていたというのも――」

「それは知っています」と答えた。「わたしの母が観ましたから」とオーも頷いている。

「お母さんが？　どこで御覧になったんだろう？」

「〈ガルボ〉だっけ？」とオーがこちらを見るので、「いまはもう店はありませんが、店主の南さんにこのあいだお会いしました」と引き継いだ。

「カオルさんがどんなに素晴らしいプレイヤーだったか、さんざん聞かされました」

「〈ガルボ〉の南さんですか」

トオルさんは声を詰まらせた。

「御存知ですか」

「いえ、姉から聞いたことがあるようなないような。なにしろ、昔のことですし」

「あの――カオルさんは本当に御健在なんですよね？」

「ええ、もちろん、元気です」

自分に言い聞かせるようにトオルさんは何度も大きく頷いた。

ソ ラ シ ド

14

Dish-Washer Blues

＊人生は皿洗いの連続

そこから先のことは、いささか迷宮めく。

おびただしい古着がぶらさがった店の奥で、わずかな電灯と、かすかに聴こえる音楽の中、焚き火を囲むように語り合った。

いや、何をどんなふうに訊いていいのかわからず、ただ思いついた言葉を不器用に並べるばかりだった。それでもトオルさんは丁寧に答えてくれ、それらはすぐにいくつもの情景となって立ち上がった。ところどころ漆喰の剝がれ落ちた壁に、古びた8ミリフィルムのざらついた映像が投影されるのを見る思いだった。

「あの頃、毎晩のように姉と電話で話していました」

トオルさんは一本一本がつくりもののような長い睫毛《まつげ》を震わせて目を細めた。

「日記を書くみたいに、その日あったことをお互いに話してました。だから、姉のことやソラシドのことは、たぶん、姉と同じくらい覚えています。ただ、姉の記憶に残らなかったことは、こちらも知りようがありません。そういう意味では、かなり不完全な記憶です。なにしろ姉はその——ものすごく物覚えが悪いので」

しかし、おそらくはその不完全さが情景を呼んだのかもしれない。全体をぼんやりと捉え、ある一点だけがクローズ・アップされて、そこだけにピントが合っている。

「姉はいつもお金がなかったんです。というか、お金があったら、あるだけ全部レコードを買っていました。着るものさえ後まわしで——そういえば、下北沢に風変わりな古着屋があって、郵便配達員の制服を一式売ってたんです。何十年も前のデッド・ストックとかで、まったく嘘みたいに安かった。それればかり着てました。配達員用なので男物なんですが、黒いズボンに白いシャツ、冬はシャツを二枚重ねて、黒い四つボタンの上着を着ていました。古くさい金ボタンは全部むしり取って、だからいつも前がはだけて、寒いときは前をかき合わせて大きな安全ピンで留めていました。襟を立てて、首のところに手をあてがい、寒いなぁ、って。いつもそう言ってました」

〈「寒いなぁ」とつぶやき、レコードを抱えたカオルは足踏みをするように立ちどまった。

穴の空いた靴の先から小石が入り込んで小指に当たる。もう一カ月も前から穴が空いたままだった。青と緑とグレーが混ざった何とも言えない色だ。チープなゴム底で、路上が凍るとじつによく滑った。それでも五百円で買える靴の中では上等で、配達員仕様の証しなのか、つま先に硬いプラスチックが埋め込まれている。にもかかわらず、カオルは何かにつけて蹴りを入れるので、布地が擦り切れるより早く、丈夫なはずのつま先に穴が空いていた。じわじわと冷たい水が滲み、歩くたび、小石が入り込んでくる。

「ちくしょう」

ひょろりと長い足を振り子のように動かし、カオルはよく貸スタジオのアンプを蹴った。どこか接触に問題があるらしく、思い切り蹴ると、途切れがちの音が正常に戻る。

もっとも、これはカオルだけの悪癖ではなく、誰もがアンプを蹴っていた。特に個人の所有物ではないスタジオのアンプとなると、シールドを突っ込んだすべてのギタリストとベーシストに蹴られまくった。

「何か嫌なことでもあった？」

最初はカオルが何かを蹴るたび、ソラはいちいち確認していた。

そのうち、カオルが蹴りを入れるのは挨拶代わりなのだと知り、おそらく、自分の靴や足のダメージの方が大きいので、かならず「いてっ」とおまけが付いた。

怪我が絶えなかった。いつでも、どこかしらに絆創膏を貼っていて、「ちくしょう」とつぶやいたのが、誰かの気にさわって殴られかけたこともある。相手はカオルを男だと思い込んで手加減しない。転んで歯が折れた。

以降、右の前歯は差し歯となり、治療代になけなしの金をごっそり持っていかれた。カオルが少し大人しくなったのはそれからだ。

違和感の残る無機質な差し歯をカオルは舌の先でそろりとなぞった。

「カオルはまだ右と左に分かれる手前のところにいたんだよ」とソラが言った。

「右と左？」「男と女ってこと」「なにそれ」「そのうち、わかるよ。ていうか、差し歯になってから、少し芽生えてきたんじゃない？　左の方が」「なんなのよ、左って」「まぁ、右でもいいんだけどね、ようするに片寄ってたのよ。男の方にね」「なに、それ。知ったようなことを言って。ソラってそういうところがある。自分の方が先へ行ってて、そのうちわかるからって、急に大人ぶって」

「だって、カオルがあんまり子供だから」

「そんなことねぇよ」

カオルはテーブルの脚を思いきり蹴った。

二人は国道沿いの安いステーキ屋にいた。おそらく、どのテーブルにもカオルが蹴りを入れた跡がある。

その数時間前、二人はそれぞれのアルバイトを終え、いつもの公園脇の練習場で落ち合った。ひとしきり夜空に向かって吠えるように歌い、思う存分、楽器をかき鳴らして汗をかいた。汗ばんだ腕から時計をはずそうとしたソラが、「もう、一時だって」と肩をすくめる。

時間はいつでも二人の敵だった。それはあまりに早く行き過ぎ、一瞬たりとも待ってくれない。「時間の野郎」とカオルは誰に向けるでもなく罵った。「時間の野郎さえいなければ腹も減らないのに」

二人とも時間に気付くと空腹を覚え、「ステーキ」と暗号のように言い合った。深夜の一時に極限まで空ききったふたつの胃袋を充たすのは一ポンド千円の格安ステーキしかない。二人でひと皿を分け合った。店のすぐ脇を深夜のトラックがすさまじいスピードで行き交い、国道の端にしがみついた安普請の店は三百六十五日、絶えず揺れていた。

深夜一時のステーキ屋の客は、陽に灼けた丸太みたいな腕をした男たちばかりだ。しかし、彼らの誰ひとりとして二人に声をかけない。ここでも、カオルは男と見なされ、女性の二人客ではなく男女のカップルに見えた。しかも、そのカップルは酒を呑んでいるわけでもないのに、声を張り上げて喧嘩ばかりしている。いや、本当は喧嘩をしていたわけではない。ひたすら音楽の話をしていた。

「時間の野郎さえいなかったら、落ち着いてじっくり音楽をつくれるのに」

「そうかな。わたしたちには時間の野郎が必要なのかもしれないよ」

「なんで?」

「なんでだか、そんな気がする。時間はどこまでいっても限られてるわけだし。だからいいんじゃない? 音楽って、結局、いまってことでしょう。いま、ここにあるものっていうか」

「じゃあ、レコードは? アタシはレコードで昔の音楽を聴くのが最高って思うけど」

「だから、それこそつまり音楽がいまだけのものだってことよ。いま、ここにしかない、このときにしか、この音楽は存在しない、でも、それはすごく惜しい。この素晴らしいいまを何とかして封じ込めたい。それで、レコードが発明されたの」

「そうか」

カオルはしばしば、「ソラってすごいんだよ」とトオルに自慢気に話した。「アタシの十倍くらい、いろんなことを考えてる。ちょっと考え過ぎだけどね。でも、アタシは何も考えてないから二人でいるとちょうどいい。お互いに補足し合ってるってソラが言ってた。いいコンビなんだと思う。アタシがソラの何を補足してるのかわからないけど」〉

〈ソラはカオルに比べたらずっとわかりやすかった。対外的に話す必要があるときは、まずソラが前に立つ。適確な受け答えをし、歌声がそうであるように、よく通る明るい声で話した。「空」という名前と、声の明快さがひとつになって常に好印象を与える。

本人は「空は青い」と事あるごとに口にし、「青色のほの暗さがいい」と思いがけないことを口走った。カオルにはレコードを買い集める趣味があったが、ソラが集めていたのは青色の色鉛筆だ。日本製はもちろんのこと、海外の聞き慣れないメーカーに至るまで、手に入る限りの青鉛筆を収集していた。

ソラシドのオリジナル楽曲の大半はソラとカオルの合作で、ソラはカオルと違って譜面も書けたし歌詞も積極的に書いた。ニヒルで無口なキャラクターで通したカオルに対し、ソラは二人分の思いを担って、「言葉担当」と自負した。身長一四八センチ。「ただでさえチビなんだから」と生まれつきの猫背をカオルに注意され、アルバイトのない日は、行きつけの喫茶店の目立たない隅の席で青鉛筆を握りしめて歌詞を書いた。

バイト先では、その小さな体で皿洗い長をつとめていた。調理担当を希望したのに最初はウェイトレスにまわされ、「調理場に立てないなら辞めます」と駄々をこねたら、話を聞いた初代皿洗い長が、「君、いいね。私の後を任せたい」と望みどおり調理場に立たせてくれた。ただし、目立たない隅の方で青いくたびれたチーフを巻き、ひたすら皿洗いをこなすだけだ。「長」と言っても総勢三人しかいなかった。あとの二人は男性かつ歳上のベテランで、うち一人は技能コンテストで二等を受賞した皿洗いのマエストロだった。

話を聞いて面白がったカオルが調理場を覗きに来たことがある。三者三様、リズミカルに皿を洗う様子に居ても立ってもいられなくなり、「長」の許可を得て、皆と一緒に皿を洗った。「こういう人生もいいね」とカオルは初めて音楽と無縁の仕事に興味を持った。

「人生は皿洗いの連続だから」

ソラは言葉担当らしくそんな箴言《しんげん》めいたセリフを唱え、それがそのまま歌詞の一節になって、「ディッシュ・ウォッシャー・ブルース」なる曲が生まれた。

青鉛筆をありったけ揃えたソラは、そんなふうに人生のほの暗さに触れたときに歌詞を書いた。だから、彼女たちの楽曲はいずれもブルージーで、逆に言えば、そうしたブルーをどんな音に立ち上げるかが腕の見せどころだった。〉

〈人気はそこそこあった。どのライブハウスでも集客率は高く、とはいえ、百人を超えることは稀だった。

常連の出雲光世が、いつからライブに通い出したのかソラもカオルも知らない。気付くと、うしろの方の席にかならず彼女の姿があった。彼女が満を持して二人に声をかけてきたとき、マネージャーを申し出てくれるのかとカオルは期待していた。だが、そうではなかった。自分は映画を撮っていて、ぜひ、二人に音楽を担当してほしい。「できれば、映像に合わせてライブ演奏をしてほしい」と光世は丁寧に頭をさげた。人見知りの激しいカオルとしては、自分でもめずらしいなと思うくらい、その第一印象ですっかり気に入った。何より、ライブの音を望んでくれたことが嬉しかった。

彼女はマネージャーにこそならなかったが、二人で何もかも賄っていたソラシドの心強い味方になった。重い機材を運んでくれたり、ギャラの交渉をしてくれたこともある。カオルは、ほどなくして自分と似たものを彼女に見出した。言葉づかいこそ柔和だが、群れることを嫌い、たやすく心を開かない。これと決めたら一途になる。知り合ってからは、欠かさずソラシドのライブに通い詰め、しかし、ただ一度だけ来られなかった日がある。

というか、そのライブには観客がひとりとしてあらわれなかった。

一九八六年、十月某日。雨。場所は代々木のライブハウス〈ジキル〉。

開演時間の十九時になっても客席はからっぽで、それ以前にも、二、三人しか入らなかったことはあった。だから、まぁこういう日もあるよ、と二人はいつもどおりに演奏を始め、そのうち来るだろうと気楽に構えていた。

ところが、三曲目になっても誰ひとりあらわれない。光世すら姿を見せなかった。それでも、四曲目、五曲目と予定どおり進行し、その頃になると、二人のあいだにこれまでにない特別なものが通い始めた。もとより、音を合わせれば化学反応が起きる。が、このときのライブこそ、ソラシドの最上の演奏になった。

ただし、それを実感していたのは二人だけで、どこかぼんやりしたところのある〈ジキル〉の店主も、モニターの調整をしていた青年もまったく気付かなかった。その証拠に、

「そろそろ、おひらきにしますか」と店主は演奏の途中で二人に声をかけた。二人には、その声が耳に入らず、音楽は勝手に動き出して自在に絵を描くようだった。

二人は音を通して自分の指先が名づけようもない神秘に触れていると感じた。あれ以上の演奏はなかった。以来、事あるごとに引き合いに出した。

二人は振り返って分析した。

まず何より、そこが観客を前にして演奏する場であったこと。にもかかわらず、ついに一人も客があらわれなかったこと。演奏するうち、外の雨の音が強くなってきて、その音に煽られて、より演奏が躍動したこと。その結果、ほどよい緊張とリラックスが絶妙のバランスで共存した。

もし、あのときの演奏が録音されていたら、少々、音質に難があったとしても、「あれこそレコードにしたい」と二人は言い合った。そして、結局はそのまたとない演奏がソラシドのレコード・デビューを遅らせることになった。二人は最上の瞬間を経験し、あの興奮が再生されないのなら、そんな演奏は記録するに値しないと決めつけた。

このライブに客が入らなかったのは店主の告知ミスによる。丸々一カ月先の期日を予告していたのだ。もっとも、店主がミスをしなければ、この誰も知らない名演奏——矛盾した言い方だが――は生まれなかったかもしれない。

「私がもっと気をつけていればよかったんです」

特別な一夜を聴き逃した光世は唇を噛んだ。それまで皆勤賞を誇っていたのに、二人が「最高だった」と口を揃える演奏を聴き逃した悔しさもさることながら、こうした店主のミスこそ、「自分が気付かなければいけなかったんです」と自分を責めた。

「この失敗はかならず償います」

光世は物言いがときどき大げさになるのが愉快で、本人はいたって大真面目なのが、またおかしかった。〉

「姉は本当に――いえ、姉だけじゃなく、僕もミツヨさんにはお世話になりっぱなしで」

トオルさんは視線をはずした。

「そうだ、お見せしたいものがあるんです」

そう言って、ソファから立ち上がった。

ソラシド

15

My Aim Is True

＊ふたつでありながらひとつのもの

古着に囲まれた薄暗い空間に目が慣れてくると、壁の一角に壁と同じ色をした扉があることに気が付いた。トオルさんが「どうぞこちらへ」と扉の向こうへ体を割り込ませ、ぶらさがった小さな電球を灯して、われわれを手招いた。

めずらしくオーが「はい」と先んじて、「はい」と一歩遅れて従った。

扉の向こうはすぐ階段になっていて、古めかしい板張りの階段は一段一段踏みしめるたび苦しげな音をたてる。三人分の体重は、ほとんど悲鳴のような音になって返ってきた。

そうして、ちょうど二階の高さにのぼるくらいの段を数え、のぼりつめて悲鳴が消えると、階段と同じ板張りの部屋がひろがっていた。「ひろがっていた」と言いたくなったのは、天井の三分の一がガラス張りになっていたからで、「天窓、いいですね」とオーが夕空を見上げていた。

「流れ星が落ちてきて、屋根に穴が空いちゃったんです」

トオルさんが真剣な顔で応える。

「冗談ですよ」

真顔のままのトオルさんにオーと二人で笑ったが、見上げた視線をおろした先に、いきなりとんでもないものを見つけて、笑えなくなった。

エレファント。いや、エレファントによく似たダブル・ベースだ。

剝き出しのまま、ついいまさっきまで弾いていたかのように壁に立てかけられていた。

「これが、あの」と言ったきり言葉が出てこない。

「ええ、これです」

トオルさんは冗談のつづきのように事もなげに言うと、あたかも、これが天から落ちてきた流れ星です、と言わんばかりに微笑していた。

それにしても、エレファントによく似ていた。随所に刻まれた傷が痛々しく、その傷が、いつも指に絆創膏を貼っていたというカオルさんと重なる。

部屋を見渡すと、ダブル・ベースの他には、ほとんど何もなかった。机や椅子もなく、となると、この部屋はただベースを弾くためにあるのだろうか。思えば、自分がエレファントと過ごした部屋もこんな感じだった。ベースさえあれば他に何もいらなかった。あの潔さに比べ、いまの自分は何をそんなに抱え込んでいるのか――。

ふと気がつくと、オーとトオルさんは連れ立って部屋から出て行こうとしていた。対面の壁にあったドアが開かれるとそこにまた別の階段があらわれ、急いで後を追うと、ふたたび古びた階段の悲鳴を聞くことになった。

下りながらトオルさんは「お兄さんのお手伝いをしているんですか」とオーに訊いている。「ええ、まぁ」とオーは息をつき、「いまのところは」と思いのほか急な階段に息をはずませた。

古着屋の奥から二階にのぼり、今度は古着屋ではなく別のところへ下りようとしていた。こちらの階段の方がおそらくは段数が少なく、その分、一段一段がきつい。そのせいか、下りきると古着屋よりも低い階層へ辿り着いた感覚があった。実際はどうなのかわからない。すでに陽は暮れかけていて、どこへ辿り着いても薄暗さは同じだったが、古着屋にはなかった飲食店の気配があった。食器の触れ合う音が聞こえ、こうばしい香りと甘い匂いが二層になって通路に漂っている。

「ここは一体」と言いかけたところで、ようやく前方がひらけた。あきらかに古着屋とは違うところに立っている。調理場だろうか。まさか、皿洗い？

どうやら、「バー」と呼んでしかるべき店内に導かれていた。

酒瓶が並ぶカウンターがあり、テーブル席もあるが古着屋ほど広くはない。すべてが階段と同じように古びていて、同じように傷だらけだった。それゆえ、気どったところがない。

店内の照明があらかた落とされているのは、まだ開店していないからだろう。路地に面しているると思われるガラスのスイング・ドアにOPENの表示が下がり、おそらく、外から眺めるとCLOSEDになっている。路地を照らす夕陽がガラスごしにかろうじて射し込んでいて、陽が沈むと、入れかわりに向かいの店々が灯したピンクやブルーのネオンがぼんやり浮かび上がった。

トオルさんは勝手知ったるといった感じでカウンターの上を整え、「ここでちょっと待っていてください」と言い残して裏手に引っ込んでしまった。そのとき、また別の扉をあけたように見えたが、いま通ってきたところとは別の扉があるようだ。なんだか、至るところに扉や階段がある。自分がどこをどうくぐり抜けてここへ来たのか方向感覚が失われつつあった。

　だから、トオルさんが消えた扉から、「お待たせしました」と見知らぬ女性があらわれたとき、オーもおれも「えっ？」と意表をつかれて声をあげた。

「トオルさんの代わりに私がお話しをしましょう」

　その女性は一見してトオルさんよりもその店のあれこれに通じているようだった。カウンターの上のあかりをつけ、レジのそばの引き出しをあけて何やら探している。

「こういうときに限って鍵が見つからないのよね。いつもそう。いつだって、神様は私にだけ意地悪をする」

　天を仰いだ。

　その横顔に、「あの」とオーが話しかける。

「もしかして、ミツヨさんでしょうか」

「そうよ」

　その女性は——ミツヨさんは親しげな笑みを浮かべ、「トオルさんから聞いています」と声をひそませて頷いた。

そうした仕草のひとつひとつが、親しげというレベルを超えて、ずっと昔から親密であったように感じさせた。もちろん、ついこのあいだミツヨさんの映画を観たということもある。が、スクリーンに投映された二十六年前のミツヨさんは、目の前にいる彼女と違って髪が短くなかった。印象もずいぶんと違う。映画の中ではやわらかく女性的で、ともすれば官能的ですらあった。四半世紀の時間が何をもたらし、何を削ったのかわからない。階段をのぼっておりたら別の店に紛れ込んでいたように、大きく動いてはいないとしても何かが違っている。だから、この親密さはいわばミツヨさんの人柄そのものなのだろう。おそらく、このバーは彼女の店で、やはり、店を一軒背負って立つには、そうした才覚を身につけていなければつとまらない。

「お二人はご兄妹？　お父さんかお母さんが違うのかしら？　歳がずいぶん離れているみたいだけど、どこかたたずまいが似てるし。私もそうだから。兄はひとまわり歳上で、父は一緒だけど母親が違うの」

「本当ですか」とオーの目に輝きが増した。

「本当、本当」

ミツヨさんは素早くカウンターの上を拭いた。グラスを用意し、冷凍庫から氷を取り出して、飴色のアイスピックを握りしめた。

「つまり、私たちって似た者同士じゃない？　似た者同士っていえば——あ、その前に、何を飲みます？」

「あ、わたし、コーラをお願いします」オーがすぐに答えた。「なんか、ずっと飲みたかったの、コーラが」

それを聞いて、こちらまであのカリカリした黒いヤツが飲みたくなってきた。

「右に同じで」と注文すると、

「あら、仲良し」

ミツヨさんは暗緑色の瓶をカウンターの上に載せ、Tシャツの袖をまくりあげて二の腕をあらわにした。アイスピックで力強く氷のかたまりを砕き、その淀みない手ぎわの良さは日常的に繰り返されてきたものに違いない。

ちなみに、ミツヨさんのTシャツにはエルヴィス・コステロのデビュー・アルバム『マイ・エイム・イズ・トゥルー』のアルバム・ジャケットがプリントされていた。ギターを構えたコステロが不敵な笑みを浮かべている。アイスピックを打ち込むたび、黒ぶち眼鏡のコステロが歪んで踊った。

おかしいのは、ミツヨさんも似たような黒ぶち眼鏡を掛けていて、それがしばしばずり落ちて、そのたび、中指でぐいと押し上げるのが、流れるような作業の合いの手になっていた。

店に音楽は流れていなかったのだが、それはちょうど二十六年前につくられたサイレント映画の延長のようで、にもかかわらず、ミツヨさんの周辺にはどこかしら音楽的なものが漂っていた。仕草にリズムがある。時計が刻むリズムとは違う、いわば、地球が回転する速度に合わせて氷を砕いていた。砕いたものをグラスに放り込み、なぜか神妙な顔つきになってコーラを注ぎ入れる。黒い液体からパチパチと炭酸がはぜた。

「で、なんの話だっけ?」

ミツヨさんはカウンターの上を滑らせるようにふたつのグラスをこちらに寄越した。

「似た者同士の話です」

オーがコーラを手もとに引き寄せて答える。

「ああ、そうね。トオルさんとカオルさんと、それから私と——」

ミツヨさんは、「私も飲みたくなっちゃった」と言いながらもうひとつグラスをするりと取り出した。「みんな似てるの。似た者同士。なんていうか、世の中に背を向けたくなるっていうか、いちいちはぐれちゃうっていうか」

「ソラさんはどうなんです？」

オーがそう言うと、

「ソラはね」

ミツヨさんはコーラをグラスに注いでひと口飲んだ。

「彼女は私たちよりまともだったな」

ずいぶんと昔を思い出すようにしみじみした口調になった。たしかにずいぶんと昔の話ではある。それはそうなのだが、バスの運転手から聞いた内田の話が思い出され、「だったな」という過去形がどうにも気になった。

「あの」と言葉が途切れる。それから早口になって、「ソラさんは生きていらっしゃるんですよね」とひと息に訊いた。

「ええ、もちろん」

ミツヨさんは手にしていたグラスをカウンターに置いた。

「もちろん、ソラは生きてます。とても元気に。ずいぶん会ってないけど、ときどきメールが来るし。彼女はいまニューヨークに住んでるから、旦那さんとね。デリカテッセンをやってるの。『ディー』っていう店。アルファベットのD。どういう意味かわかる?」

オーが首を横に振った。

「あのね、Dって音楽ではドレミファのレの音で、つまり、ソラシドの次の音なの。ようするに彼女は次へ行ったわけ。それって、すごく彼女らしい。決断が早いっていうか。私たちは——っていうのはカオルさんとトオルさんと私のことだけど、こっちはいつまでも変わらないし変えようがない」

「じゃあ、カオルさんは?」とオーが訊くと、

「彼女は日本にいます」ミツヨさんは少し早口になった。「ただ、彼女はとてもシャイで、あまり人に会いたがらない。昔のことを話したりするのがすごく苦手だし。だから、今回の取材は私とトオルさんが代役というか——私も覚えていることはあるし」

そこで沈黙がはさまれた。

「天使が通った」というヤツだ。話はまだ終わっていないけれど、誰も次のセリフが出てこない。スイング・ドアが締めきられたままなので外の喧噪も届かず、ここはどこなんだ、と見まわしてしまうほど静かだった。

「ひとつ、訊いていいですか」

オーがその沈黙を破った。

「ソラシドのお二人が、もういちど一緒に演奏をすることはないんでしょうか」

かしこまったオーの口調が理恵さんにそっくりで、それにもどきりとしたが、そのオーの質問こそ、何より訊きたかったことだった。

「ないですね」

ミツヨさんは間髪容れずにそう答えた。

「それは」とオーもすぐに続ける。「二人が離れて暮らしているからですか」

「そうね」ミツヨさんは自分の両腕を抱くようにし、「離れているから——そうね、そういうことでしょうね」

自分に向かって答えるようだった。

「お二人とも、聴いたことがないんですよね？」

ミツヨさんはわれわれをあらためてしげしげと眺めた。

「じゃあ、聴きたいでしょう？　だって、誰よりも聴いた私だってそう思うんだから」

「でも、再演はあり得ないんですよね？」

「そう」

そこでまた沈黙があり、三人が次の言葉を探していると、その静寂の向こうから、低く、しかしあたたかな音色が立ち上がった。

エレファントだ。いや、ダブル・ベースの音だ。

最初の地を這うような長い一音からして耳を奪われた。あの天窓の部屋で弾いているのだろう。一音一音が明快に聴こえてくる。こんなふうに弾けたら、とため息が出てしまうような音だった。おれにはとても真似できない。

実際、出来なかった。おれにはエレファントをうまく鳴らすことが出来なかった。

ヤツの最大限を引き出すことが出来なかった。それがエレファントと訣別した理由だ。

もうこれきり自分は演奏しない。そう決めた。自分はプレイヤーの器ではない。人前で演奏するような腕前にはどうしても到達できない。

それはあきらかな挫折だった。あのとき自分はそうした思いをノートに書きつけることを選んだ。自分は演奏する側ではなく聴く側にまわり、耳に届いたものを言葉に置き換えることを選んだ。レコードを買い始めたのはそれからだ。

その自分が到達し得なかったものが頭上から聴こえてくる。幻聴のように。でも、幻聴ではない。自分だけの感慨ではなく、オーが目を閉じて聴き入っている。ミツヨさんも眼鏡を押し上げて、店の天井を眺めていた。掛け値なしに素晴らしい演奏と言っていい。トオルさんは練習のつもりで弾いているのだろうが、即興的でありながら完成されている。ふたつのものがひとつになっていた。自分がいつも探していたのはそれだった。ひとつでありながらふたつで、ふたつでありながらひとつのもの。そんなものは言葉上のレトリックで、いくら探しても見つかるはずがない。それがそこにあった。高円寺の路地裏の、くたびれた酒場の二階にあった。

たぶん、近隣の人たちはずしんと響く重い音に顔をしかめている。あるいは、自分もまた時と場合によってはうんざりしただろう。だからこれは、ひとつひとつ駒を進めてきた結果として胸に響いているのかもしれない。ただのベースの音と言ってしまえば、それまでだ。いきなり、この音を聴いてもここまで響かない。

思えば、じつに二十六年間もうろつきまわって、いやというほどレコードを聴いてきた。飽きもせずに毎日同じピザを平らげてきた。白い荒野のようだった紙の墓場と、過去を閉じ込めたガレージに立ち寄り、廃業した映画館で音のない映画を鑑賞した。そして、偶然にもマツヤマタロウに導かれ、古着屋の階段をのぼって下りて、ここまで来た。

そうした行程を辿るように、頭上の音もまた辿っている。複数のリズムを織りまぜ、メロディアスでありながらも巧みに不協和音をまじえて違和感なく進んでいた。

何度でも言いたい。

音楽は前へ進んでゆくものだ。

たったいま発見したようにそう思う。それは時計の刻む音とは無関係にリズムを重ね、ひたすら前へ進んでいく日々に溶け込むように存在している。

もし、音楽がなかったら、自分はどうなっていただろう。たぶん、ひたすら時計に支配されていた。音楽によって時間や空間から逃がれ、当たり前なものに背を向けながら、どこかで安らぎをもとめていた。

逃げながら留まりたかった。前へ進みながら帰りたかった。

そんな右と左を向いた思いをひとつにする術はないものかとずっと探してきた。


〈「ずるいんだよ、アタシは」とカオルは出来あがったばかりのアセテート盤を聴いてうつむいた。ソラは何も言わない。が、右と左を向いたいくつもの思いを、「ずるい」のひと言に託したカオルの気持ちがわからないではない。

「レコードを売って金儲けをしたり、有名になっていい気になったり、そういうの性に合わないんだよ、アタシ。ひっそりやりたいことをやっていたいの。でも、やっぱりたくさんの人に聴いてほしいと思ったりする」

ソラとカオルは閉店後の〈ポーク・パイ・ハット〉で向き合っていた。

「なるべくいい音で聴こう」というカオルの提案に従い、トオルに頼んで、〈ポーク・パイ・ハット〉の最上級プレイヤーで試聴することになった。

「こないだの代々木の演奏は最高だったけど、聴いている人がいなかったら、結局は自己満足じゃない？　そう考えたら、アタシってメジャーになりたいのに、変に突っ張って、マイナーに安住してるだけなんだって気付いた。メジャーなんて大したことない。マイナーにこそ本物があるんだって。ずるいんだよ。どっちつかずなの」

「わたしも同じ」とソラは顔をあげた。「わたしも自分がずるいって思う。どうせなら売れたいって思うけど、いかにも売れそうなものをつくるのはどうなのかなって思う。でも、これってたぶん、わたしたちのひねくれた性格そのもので、死んでも治らないよ、きっと」

「そうかな」

そこへ一石を投じたのはトオルだった。

「すごくよかったよ。とてもいいレコードだと僕は思う。もちろん、ライブがいちばんだっていうのはわかるけど、これはこれで、レコードとしてよく出来てる。もういちど聴きたいって思うし。それって、レコードだけの特権でしょう」

一枚きりのアセテート盤は三十センチのLPレコードサイズだったが、四十五回転仕様でA面に一曲、B面に二曲が配されていた。B面の二曲はライブのたびに練り上げてきたカバー・ソングで、ひとつはジョージ・ハリスンの「オール・シングス・マスト・パス」。もう一曲はニルソンの「キャロライン」だった。「キャロライン」は正確に言うとランディ・ニューマンの曲だが、カオルはニルソンが歌っているバージョンをことのほか愛聴していた。中古レコード屋でこの曲がはいったニルソンのレコードを見つけるたび、何枚も持っているのに、また買ってしまうほどの偏愛ぶりだった。

「アタシがあの世に行っちゃったら、この曲を聴いてアタシを思い出して。たったの二分で終わるから。他に何もしなくていい」

カオルはそう言って、ソラとトオルにニルソンのレコードをプレゼントした。

ソラシド版のカバーはいずれも原曲のエッセンスを留めながら、かなり自由なアレンジが施されていた。変奏曲といった方がいいかもしれない。二曲ともソラが歌っていたが、前者と後者では別人のように声色を変えていた。

「カバーもいいけど、僕はやっぱりA面のオリジナルがよかった。これ、こないだのライブで演ってた『皿洗いのブルース』でしょう？　聴くたびに変化してるみたいだけど」

トオルの指摘どおり、「ディッシュ・ウォッシャー・ブルース」は「皿洗いのブルース」を経て、いまは「皿洗いの唄」と呼ばれていた。名を変えるたびに曲調も大幅に変更され、泥臭いブルースが王道のポップ・ソングに近付きつつあった。

それは自然な成りゆきでそうなったのだが、ソラもカオルもこれは完成形ではなく、さらに二転三転していくものと考えていた。

ところが、彼女たちにメジャー・デビューを働きかけた大人たちは、ブルースの翳りを残したポップ・ソングとしてこの曲を絶賛した。だから、「いまの状態がいちばんいい」「洗練や完成はライブで試みたらいい」と諭された。それが二人には気に入らなかった。

「でもさ、同じものを何度も聴きたくなるって、すごいことだと思うんだよ」

トオルは力説した。

「生演奏より、むしろそっちの方がすごいんじゃない？」

「うん」とめずらしくカオルが子供のように頷いた。「アタシもそう思う。でも、これじゃないような気がして。そう思っている以上は、レコードなんて出すべきじゃないのよ」

「そうかな」とトオルが繰り返した。「そうなの」とカオルは言い返す。

そんな二人の様子をソラは複雑な思いで見ていた。そっくり同じ顔、同じ声の二人が右と左から意見を戦わせている。

でも、いつも思う。

いまはこうして別の方角を向いているけれど、表面的な言葉や、つまらない理屈を取り払ったら、下地にあるのはきっと同じ思いだ。おそらく、みんな同じひとつの思いから出発している。右や左を向いてしまうのは取るに足らない即物的な感情のせいだ。

「どうしてかな」とソラは声に出して言った。

「え?」とカオルとトオルがソラを見る。

「思いはひとつなのに、どうして意見は分かれてゆくんだろう?」

「それはたぶん」

トオルが答えた。

「思いは言葉になりにくいけれど、意見は言葉で出来てるからじゃないかな。何かの本にそう書いてあった。意見はただの言葉だって。でも、このレコードからは言葉を超えた思いが聴こえてきたし、繰り返し聴きたいっていうのは、たぶん、その思いを何度も確かめたいってことじゃないかな」

「じゃあ、トオルにあげるよ」

カオルがアセテート盤を指差した。

「じつは、もう断っちゃったの、アタシたち。聴かなくてもわかってたから。すみません、これはレコードにしませんって。つい言っちゃったの。でもさ、ソラ。これ、いま聴いたら意外によかったよね」

「うん」

今度はソラが子供みたいに頷いた。

「意外にっていうか、かなりよかったんじゃない？　われながらあっぱれですよ」

「だよね」

二人は声をあげて笑い出した。〉

「それが、これなんだけど」

ミツヨさんがカウンターの下から一枚の真っ白なレコード・ジャケットを取り出した。

「あ、ホワイト・アルバム」

オーが反射的にそう言った。

それがこれ？

話の流れからすれば、そのレコードこそ、たった一枚だけつくられたソラシドのテスト用アセテート盤に違いない。が、どうにも信じ難く、「これが？」とミツヨさんの顔を窺うと、「トオルさんには内緒ですよ」

声を最小に絞って頷き、突然、「テイク・アウトね」と大きな声を張り上げた。

「マルゲリータ・ピザを一枚」

何のことだろうと訝しんでいると、ミツヨさんはまたカウンターの下でごそごそと音をたてて、見慣れた形と大きさの白い箱を取り出してきた。デリバリーあるいはテイク・アウト用のピザをいれる正方形の紙箱だ。ミツヨさんはマジシャンのように箱の蓋を開き、中に何もはいっていないことを確かめると、そのレコードを素早く箱の中にぴたりと収めた。

それはまったくもって、このときのために誂えていたかのようにちょうどよく収まった。

「焼きたてですから、冷めないうちに」

ミツヨさんは平然としてそう言うと、探していたはずの鍵を腰に巻いたエプロンのポケットから取り出した。スイング・ドアの鍵をあける音が聞こえ、同時にオーがピザの箱を水平に持ったまま立ち上がった。

「帰ろう、兄ぃ」

事態の展開の早さに、はたしてこれでいいのかと躊躇されたが、スイング・ドアをあけたまま、ドア・ボーイのようにミツヨさんが待っている。

「ありがとうございました。また来ます」

「いつでも、どうぞ」

そう言って、ミツヨさんは「OPEN」の表示板を裏返したが、入れかわりにあらわれたのは「CLOSED」ではなく、「Don't Disturb, Please」という冗談めかしたフレーズだった。

起こさないでください。

日本語に翻《ひるがえ》したその言葉を頭に刻み、ミツヨさんに背中を押されて狭い路地へ送り出された。ドアごしに透かし見えていたネオンが間近になってまぶしく、とはいえ、決して賑やかでもない店々を眺めて、「ここはどこなんだ」とつぶやいた。

入口は古着屋だったのに、出口は酒場になっている。

しかも、酒場はこのバー一軒だけではなく、入り組んだ路地にいくつも連なっていた。まだ時間が早いせいか、「起こさないでください」とばかりに眠たげなあかりを灯している。その眠たげな迷路の中でピザの箱を水平に持ち、髪をなびかせたオーは振り返ることもなく足早に進んでいった。

ソ ラ シ ド

16

Caroline

＊起こさないでください

真っ白なジャケットには整理番号らしきものがゴム印で捺されていた。

他に何の表記もない。

オーの言うとおり、まるでホワイト・アルバムのようで、それがソラシドのレコードであると聞かされていなければ、こうして目の前にあったとしても気付かない。まさか、自分が探していたレコードだとは――。

およそ、こんなものだ。

「過去の話」「もう昔のこと」「忘れてしまった」と追いやられた事物は、じつのところ、そう易々とは消えない。健気にひっそりと存在している。それも、思いがけないくらい、すぐ近くにだ。

真っ白いジャケットから黒いレコード盤を取り出すと、センターに貼られたレーベルもまた空白で、かろうじてジャケットと同じ番号が事務的に捺されていた。

アセテートでつくられたレコード盤は重くて硬くて割れやすい。ビニール盤のようなしなやかさがないので、思わぬ力が加えられたら、あっさりとキャンディーのように割れる。

オーにそう教えると、彼女は慎重な手つきでターンテーブルに盤を載せた。

オーはいつのまにか、レコードプレイヤーを自在に操っている。三十三回転と四十五回転の違いも理解し、「十二インチ・レコードで三曲ってことは四十五回転ね」と、そんなことまでマスターしていた。

針がおろされると、ビニール盤とは違う硬質なスクラッチ・ノイズが爆ぜ、ノイズの向こうに、一瞬、小さな声が聞こえた。

「――ください」

女性の声でそう言ったように思えた。つづいて、別の女性の声が、「ひい、ふう、みい」とリズミカルにカウントをとる。

たったいまそこで奏でられたように音楽が始まった。

乾いたアコースティック・ギターの音が複雑なコードを刻み始める。

最初の印象は繊細だった。

そこへ、楽器の音とは思えないようなダブル・ベースの低音が弾丸のように撃ち込まれる。おそらく、意図的にギターとベースのリズムをずらし、不穏な雰囲気が立ち込めたところへ、エコーを排した、まさに目の前で歌っているかのような声が耳に突き刺さった。

息がとまりそうだった。

それは速くもなければゆっくりでもなく、ホットでありながらクールでもあった。古びていて、なお新しい。わかりやすくポップなのに、尖ったアヴァンギャルドを孕んでいた。

ふたつのものがひとつになっている。

これまで聴いてきたどのレコードとも違っていた。


曲はミツヨさんが言ったとおり三曲のみで、うち一曲は、「ウォッシュ、ディッシュ、ブルース」と繰り返し歌われていた。例の「皿洗いの唄」だ。ソラの弾く明るく乾いたギターと彼女の歌——その声は想像していたよりずっと成熟した声だった。

そして、カオルの弾く即興的かつ一瞬たりともリズムのうねりから落ちない堅実なダブル・ベース。

その三つで彼女たちの音楽はつくられていた。声にもギターにもベースにもノイズや倍音がたっぷり含まれ、一音一音が生まれたての新鮮さを主張して跳ねまわっていた。

三曲を二度聴いた。

そのあいだ、ひと言も口をきかなかった。二度目を聴いているとき、オーがそのあたりに転がっていたボールペンを手にし、レコードをいれてきたピザの箱にさらさらと何か描き始めた。

「何を描いてる？」

彼女は箱に描いたものを黙ってこちらに見せたが、説明を聞くまでもなく、トオルさんとミツヨさんの似顔絵だとわかった。

「ちょっと、本気出してみた」

オーの言うとおり驚くほど精緻に描かれ、数時間前の出来事がそのまま再現されていた。現実の二人を見ていたときより、オーの描いた絵の方がずっと生々しい。

「ねぇ」

オーが声を落として言った。

「もしかして、カオルさんって死んじゃってるんじゃないかな」

「え？」

「なんとなくね。わたし、生まれつきそういうことに敏感だから」

オーは目を閉じていた。

「だって、カオルさんがベースをやめると思う？　カオルさんからベースを取ったら、きっと何も残らない。なのに、あっさりやめて、トオルさんに楽器を譲ったりするかな」

そこはたしかに引っ掛かっていた。

「それにミツヨさんがはっきり言ってた。ソラとカオルの二人が演奏する可能性はもうないって。それは二人が離れているからだって。それとね――」

オーがこんなに喋るとは思ってもみなかった。

「お母さんのことなんだけど――ミツヨさんが言ってたでしょ。お母さんが違うって。すごく自然にそう言ってた。いいなぁと思って――ていうか、わたしね、兄ぃのお母さんに会いたいの。ずっとそう思ってた。なんか、このまま一度も会わなかったら、すごく後悔しそうな気がして」

意外なことがいくつも交錯していた。

ついにこうしてソラシドのレコードを聴き、しかし、カオルさんの生存は危ぶまれ、そして、オーが母に会いたいと言い出した。

＊

オーが帰ったあと、もういちどソラシドのレコードを一人で聴いた。

アセテート盤は消耗が激しいので、気のせいか、針を落とすたびノイズが強くなっていく。冒頭の謎の声もより遠のいたようだったが、

「起こさないでください」

そう言っているように聴こえた。まさか、そんなはずはない。そのフレーズはミツヨさんの店のドアに掲げられた「Don't Disturb, Please」からの連想だ。これから演奏を始めようというのに、そんなことを言うわけがない。

でも、そう聴こえた。

階下のナンデモ屋からは相変わらず不眠不休の無国籍な声が渦を巻いてのぼってくる。

カーテンのない殺風景な窓は深夜であってもうっすらと明るく、外のノイズとソラシドの奏でる音が響き合って、いまと過去とがつながっていた。

起こさないでください。

私はもうこの世にいないのだから。

「本当に？」

本当にカオルはもういないのだろうか。

いや、一度も会ったことのない女性の生死に何をそんなにうろたえるのか。別に驚くようなことではない。すでに四半世紀が経っている。産まれたばかりのオーやニノミヤ君があんなに立派に憎まれ口を叩いたり人を諭したりする大人になったのだから。

それに、どの道すべてはそうなる。すべてのレコードは——あらゆる音楽は、もうここにいない人の痕跡になる。レコードとはそういうものだ。いまここではない過去の空気の震えを再現すること。そして、それが「起こさないでください」と語りかけてきたのなら、自分の探求は最早これまでだ。

あとはこの間の彷徨を反芻し、それを言葉に起こせるのであれば、マツヤマタロウ氏の依頼に応える。夢中になってうつつを抜かしていたが、それが自分の本来の仕事だ。そろそろ前へ向き直って働き出さないと、いよいよ本当になけなしの蓄えも尽きてしまう。

そう自分に言い聞かせながらも、レコードに刻まれたカオルの弾くベースのフレーズを一音一音たどらずにいられなかった。

それは偶然の賜物として、いまここで再生され、その音は楽器ごとトオルさんに引き継がれていた。二階から聴こえてきたあの重厚な音色は、四半世紀を経てレコードから響く音とじつによく似ていた。それこそ双児みたいに。

聴けば聴くほど、言いようのない思いに駆られてもどかしくなった。

これは誰にも聴かれることのないレコードなのだ。誰かに——それも無数の「誰かに」聴いてもらうためにレコードはつくられているのに、このたった一枚きりのレコードは、おそらく、このまま こうして封印されていく。

いや、ささやかではあるけれど封印はいま解かれた。自分のもどかしさの正体は、この一枚のレコードの向こうに眠りつづける一度も聴かれることのなかった音楽への思いだ。レコードを「再生する」とは、じつにうまいことを言ったものだ。

しかし、再生される音楽があるということは、再生されない音楽もあるということで、「この世でいちばん哀しいのは、一度も語られることのなかった物語、一度として奏でられることのなかった音楽だ」

自分の本にそう書いたことがある。いまとなっては、どうしてそんなことを書いたのかわからない。

聴き終えて白いジャケットにレコードを戻し、さらにピザの箱に収めてひと息ついた。箱に描かれたトオルさんの似顔絵がこちらを見ている。

*

ようやく母に電話をかける気になったのは翌日の午後になってからだった。

コール音を数える間もなく母の声が聞こえ、まずは近況報告をする数分のうちに、

「あなた、何か企んでるでしょう」

いきなり見透かされた。

電話だからよかったものの、もし、まともに面と向かっていたら、横を向いて目を逸ら

すしかなかった。

仕方なく、オーの思いをそのまま伝えた。「桜さんが」とよそよそしく説明し、「会って、話がしたいって――」

「わかってる」

母はこちらの予想を裏切るようにそう言った。

「わかってるって、何が？」

「絵のことでしょう？　お父さんの」

どうやら、母と理恵さんは父の絵の管理をめぐっていくつかの取り決めをしているようだった。主に理恵さんの提言により、母と婚姻を結んでいた時期に描かれた作品については母に権利が引き継がれ、それ以降に描かれたものは理恵さんに権利が譲渡される。父が亡くなった直後にそう決めたという。だから、父の作品を託している画廊に閲覧や貸し出しを希望するときは、母と理恵さん、二人の許可を得る必要があった。そうした細かい約束についても「すべて同意したの」と母は淡々と話した。

「たぶん、桜さんは絵を観たいのでしょう。私の許可が必要だから。いつかこういう日が来ると思ってた」

そんなことはまったく知らなかった。家に背を向けていたのだから仕方ないが、オーがそうした事情を知っているかどうか。

「いつでも、いらっしゃい」

思いがけない母の言葉が、混乱した頭の中を一掃するようにゆっくりとまわっていた。

＊

母はちょうど庭に出ていて、あたり一面を覆い尽くした植物の群れに水をやっているところだった。「あら、来たの」とこちらを振り返り、「はじめまして」と一歩前へ出たオーを見て、「あなたが」とまぶしそうな目をした。

「よくいらっしゃいました」

「無理なお願いをして申し訳ありません」

「ちっとも、そんなこと」

「本当ですか」

「いつでも歓迎ですよ」

オーと母は、まだ家に上がる庭の隅ですっかり打ちとけていた。だからというわけでもないが、こちらの興味は色とりどりの花を咲かせた庭の植物に移り、見れば見るほど、その種類の多さに驚かされた。水を与えられたばかりとはいえ、ひとつひとつ手をかけて育てられたことがその色艶から伝わってくる。

「庭師の広瀬さんがよくしてくれるから。それで、ずいぶん良くなったの。ただ、あの物置が惜しいって」

母が指差した庭のはずれにネット上の航空写真でも確認できた物置小屋が建っていた。

「あれがなかったら、もっと良くなるのにって。だから、そのうち壊して、と思うんだけど、そうもいかないし」

「どうして？　中に何があるんだっけ」

「あなた、覚えてないの？」

母は虫除けの黒い長手袋を脱いで眉をひそめた。

「あなたのあの——なんだっけ？　あの大きな楽器」

「え？」

おれが声をあげたのと、オーが「ダブル・ベース」と応えたのが重なって、「そう、それ」と母がオーに向かって人差し指を立てた。

「知らないよ、そんなこと。初めて聞いた」

母が言うには、アパートの管理人から保証人である母に連絡があり、息子さんが引き払った部屋に楽器らしきものを置いていったが、こちらとしては引き取っていただかないと非常に迷惑である、ついては、そちらへ送り届けたいが構わないかと訊かれて、渋々、受け取ったという。毛布にくるまれたエレファントは運送会社のトラックの荷台から物置に直行し、以来——じつに四半世紀だ——そのままそこにあるらしい。

「言わなかったかしら」

初耳だった。もし、聞いていたら、自分はどうしていただろう。

悪いけど、しばらくそこに置いといてくれない？　たぶん、そう言ったのではないか。

現に、どうやら本当にそこにエレファントが仕舞い込まれているとわかり、最初の動揺が薄らぐと、「見てみる？」と物置に歩み寄ろうとする母を、「いや、いいよ」と引きとめた。

「変なの」とオーが不満げな声をもらした。「兄ぃはあんなに」——そう言いかけて口をつぐんだが、その先は言われなくてもわかっている。

カオルさんのダブル・ベースにはあんなに目を輝かせたのに、自分のかつての相棒には、(どうして、そんなにそっけないの?)とオーの目が言っていた。それはわかっている。わかっているんだが――。

右の耳で力なく笑う自分の声を聞き、左の耳には誰かが囁きかけていた。

(起こさないでください)と。

スクラッチ・ノイズの向こうにかろうじて聴こえたあの声が耳の奥で繰り返された。ようやくドアの前に立ったのに、ドアには鍵がかかっていて、「Don't Disturb, Please」の札がさがっている。それより前へ進むためには鍵をこじあけなくてはならない。

そこまでする必要があるだろうか。

見上げると、空がよく晴れていた。まだ午後の早い時間だったので、陽の光が庭の全体に降り注ぎ、淡い花の香りが入り混じって、どの匂いがどの花から香っているのか区別がつかない。

「お茶でも飲みましょう」

玄関へ向かう母に、「ありがとうございます」とオーは従った。

オーにもここに至るまでのあいだ、長らく探していたものがあった。彼女もまた鍵のかかったドアの前に立っていたのだろう。

「ずっと迷っていましたが」

お茶を飲み終えると、オーが顔をあげて母の方を見た。

「父の絵の管理をわたしに任せていただけないでしょうか」

母も顔をあげて、オーを見返した。

「絵を預けている画廊で働きたいんです」

その横顔はおれの知っているオーではなかった。彼女は尻込みをして佇んでいるおれのかたわらを通り越し、自力で鍵をあけてドアの向こうへ進もうとしていた。

「画廊の面接は合格しました」

知らないあいだにオーはそんなところまで進んでいた。

「母の許可ももらいました。あとはお母さんのお許しをいただければ――」

「もちろん、お願いしますよ」

心なしか肩の荷がおりたような清々しさが母から漂い、微笑すら浮かべているように見えた。

（理恵さんに会いたい）

なぜか、そう思った。

いま目の前で起きていることを理恵さんに伝えたかった。

閉じられていたものを開き、眠っていたものを呼び覚ましたのがオーであったこと——考えてみれば、それにふさわしい者はオー以外に考えられず、彼女がわれわれを結ぶ中心にいるという、至極あたりまえな発見をいち早く理恵さんに伝えたかった。

ソ ラ シ ド

17

Don't Disturb Please

* 三日月形の傷あと

〈その音楽を奏でたひと、あるいは、奏でた楽団の紹介文もついでに書いてください〉

マツヤマタロウ氏の依頼状にはそうあった。

「ついでに」の四文字に興味を覚え、しかし、それにしてはずいぶんと長い寄り道をしてしまったように思う。依頼の主旨は、〈「冬の音楽」というテーマのもと、これまで聴いてきた音楽からひとつだけ選んで自由に書いてください〉だった。

ソラシドが自分にとってそれに値するかどうかわからない。少なくとも、「これまで聴いてきた音楽」ではなかった。なにしろ、初めて聴いたのはついこのあいだなのだから。

ただ、自分が知らなかっただけで、彼女たちの音楽は間違いなく一九八六年のあの冬の空気の中にあった。ノイズの音さえ生々しい一枚きりのアセテート盤は、真冬の空気の匂いとコンクリートの感触を呼び覚ます。

一九八六年の自分は、コンクリートやアスファルトや鉄やビニール、そして、紙やインクの匂いといったものと、いまよりずっと親しかった。

ついでに言うと、舌をやけどするようなまずいコーヒーにも。

自分の五感は常にザラザラゴツゴツとした、決していい感触とは言えないものの表面をなぞっていた。それらは粗悪な安物で、どういうわけか、灰色の冬の空によく似合っていた。

いつから自分はそうしたものに触れなくなったのか。自分の選択が変わったのか、それとも周囲のあれこれがノイズを排してしまったのか。

何より音楽がそうだ。

思えば、レコードはチープなビニールでつくられている。針を落としてトレースするというより、「引っ搔く」といった方がいい。常にノイズをまとっている。ラジオから流れ出る声や音楽にしても、およそ雑音の向こうにあった。

音楽だけではない。コピー機で複写された写真や文字は粒子も粗く、エッジがつぶれてかすれていた。

つまり、まずかったのはコーヒーだけではなかった。

デジタルで処理されたクリアな印象に比べれば、かつて、自分の生活圏にあった物質はことごとく粗悪だった。いまは、携帯を取り出してカラフルな文字や絵に触れれば、たいていのことは事足りてしまう。音楽もラジオも文字も画像も素晴らしくクリアで、世界中のあらゆる事象とつながっている。もはや、まずいコーヒーを飲む方が難しい。

正直に言えば、レコードに埋もれて死んでも構わないとうそぶいていた自分が、いつからか、ノイズの排されたデジタル機器が鳴らす音楽を聴いている。それゆえ、ソラシドのアセテート盤のノイズは、ひさしぶりに本物の音に触れたようだった。

その雑音によって一九八六年に戻された。

ただし、彼女たちは「起こさないでください」と言っている。

(姉を探すことは、これで終わりにしてください)

トオルさんのメールにもそうあった。

もし、オーの推察が正しければ、「姉」すなわちカオルさんはすでにこの世にいない。メールの文面にもそれなりに納得がいく。そうとなれば、「起こさないでください」という言葉はより切実な声となって耳に響く。

表題だけ『Don't Disturb, Please』と決め、新しく開いたノートの初っ端にまずはそう書いた。何をどう書くにしても、この一言を念頭に置いて始めたい。

かたわらに二冊のノートをまじないのように並べ、一冊は手垢にまみれた一九八六年の日録＝〈松見坂空中雑記〉で、もう一冊は、このところ机上に常備していた〈ソラシド〉とだけ表紙に書かれたノートだ。この間に得られた彼女たちの情報と、それをもとに綴った自分なりの空想的覚え書きである。

（書いてみようと思います。ソラシドのことを）

逡巡した思いに結論をつけるべく、マツヤマタロウにメールでそう伝え、（いま、手もとに彼女たちの幻のレコードがあります）と、さりげなく追記しておいた。すると、ほどなくして返信があり、

（それは素晴らしい。ぜひ、拝見したいです）

それが原稿のことを指しているのか、それとも、長いあいだ幻だったレコードを指しているのか――おそらくは後者だろう。

（いつ、会えますか）とせっつくように彼は書いてきた。

＊

マツヤマタロウの仕事場のソファには相変わらず老犬ジュリーが顎を突き出すようにして寝そべっていた。犬にはきっと不可解だったろう。ピザの箱を前にして、二人のいい歳をした男が、「これが？」「これです」「例の？」「アレです」と目を輝かせていたのだから。

マツヤマタロウはうやうやしくテーブルに置かれたピザの箱を手に取り、もう片方の手で眼鏡をはずすと、箱に描かれた似顔絵を「これは？」と示した。

「妹のいたずら描きです」

「いや、よく似ています」

マツヤマタロウは感嘆し、「本当にそっくりだ」とレコードのことなど忘れてしまったかのように目を近づけた。

「これって写真を見ながら描いたんですか」

「いえ、トオルさんとミツヨさんにお会いした日に、うちへ帰ってきてから、さらさら描き出したんです」

「本当に？」

「ええ。目の前で描いていましたから」

すると、マツヤマタロウは「どうしてかな」と首を傾げた。「なんだか二人とも昔のままで。というか、私はミツヨさんには当時お会いしたきりで、最近の御様子は知らないんです。でも、この絵を見てすぐにわかりました。昔どおりのミツヨさんとカオルです」

「いえ、それはカオルさんではなく、トオルさんなんですが」

念のため訂正すると、

「あ、そうか、トオル君か」

それほど二人はよく似ていたのだろう。

「どうやって見分けていたんです？」

「いや、それをいま思い出したんですが――」

マツヤマタロウは、まだ首を傾げていた。

「傷あとがあるんです、顔に。ほら、この絵にもあるでしょう」

丸みを帯びたマツヤマタロウの人差し指がトオルさんの顔を指していた。絵に描かれた右の頬に三日月形の傷あとがあり、絵から離れて自分の記憶を探ってみても、たしかにそうだった。

「これがトオルさんの目印だったんですね」

マツヤマタロウは小さく頷いて口を尖らせ、窓の外の曇った空を眺めていた。

〈「僕はカオルじゃなくてトオルですよ」

何度、マツヤマタロウはそう言われただろう。そのたび、トオルは自分の頬を指差した。

「どうして覚えられないんです？」

どうしても覚えられなかった。三日月形の傷あとがあるのはカオルだったかトオルだったか。それを覚えていなければ、頬を確認しても意味がない。

トオルは口を尖らせて戸惑うマツヤマタロウを微笑ましく思った。このひとはただただ音楽が好きで、それ以外のことは、じつのところどうでもいいのだ。誰の頬に傷があろうがなかろうが、そんなことにはまったく興味がない。

しかし、トオル自身はそんなことばかりが気になった。自分は姉と違う。自分はカオルじゃない。違う人間だ。だけど、自分がカオルになれたらどんなによかったろう。

ところが、カオルはカオルで、「アタシはトオルになりたい」と、たびたび口にしていた。外見はこんなにもよく似ているのに、二人は常々お互いに憧れつづけていた。

「もし、姉さんが先に逝ってしまったら、僕は迷わず姉さんになるよ」

「じゃあ、アタシはトオルになるからさ」〉

二人がそんな会話を交わしていたのをマツヤマタロウはよく覚えていた。それを聞いて、さらにどちらがどちらなのかわからなくなり、そのうち、どちらでもいいじゃないか、と開き直った。

「あの──」

窓の外を見ているマツヤマタロウに切り出した。

「できれば、マツヤマさんが知っている本当のことを教えてください」

「本当のこと？」

「ええ。カオルさんは──」

「ヤマシタさんは、このあいだも私にそれを訊きました。健在なんですよね？　って。私は、たぶん、と答えました。私は最後にソラシドのステージを観てから、カオルさんには会っていないんです。だから、たぶん、です。そうお答えするしかありません。もし、仮に――そんなことはないと思いますが、もし仮にカオルさんがすでに亡くなっていたとして、それは、これからお書きになる原稿に影響がありますか」

さて、どうだろう。

難しい質問だった。たとえば、少ない情報をつなぎ合わせて、どうにかソラシドのプロフィールめいた一文をしたためたとする。しかし、それが本当に事実に近いものになり得るのかどうか、やはり気になる。正しい答えを知っている当人が同じ空の下に生きているのなら、ぜひ訊いてみたい。いや、いずれ訊けるのではないか。なんなら、会うことも叶うのではないか——そう思っていた。

「聴かないんですか?」

ピザの箱を見ながらマツヤマタロウに確かめると、彼は首を横に振って、

「いまさっきまで聴くつもりでしたが、やはり聴かないことにします」

そう言って、窓の外に視線を戻した。

「あのころ聴いた記憶のまま留めておく方がいいかもしれません」

＊

いまさら、波風を立てるようなことはしたくなかった。

その方がいい場合もある。

幻のレコードを聴こうとしなかったマツヤマタロウの姿にほだされたのか、いったんは握りしめたペンを放り出して、ひたすら眠ってばかりいた。

時間から離脱した思いだった。

これを称して、ふて寝というのかもしれない。

時の流れから身を離してしまえば、曜日も時刻もどうでもよくなる。


理恵さんからメールが届いていた。寝台の上でまだ半分眠りながら開いたメッセージには、あっけなくただ一言、(お会いしたいです)とある。

理恵さん、それはこっちのセリフです——どんなにか、そう言いたかった。つまらない建前や体裁を放り出し、「会いたいです」とだけ告げて本当に会ってしまいたかった。

波風が立っても構わない。いまなら何でも言えるような気がする。

(会いましょう)

よく考えもせずにそんな返信を書き送ってしまったのは、寝ぼけた頭が完全に覚醒していなかったからだろう。

が、さらなるメッセージを受け取って、いよいよ本当に目が覚めた。

（では、さっそく今夜にでも。このあいだ、桜に連れられて行った〈トルネード〉で午後七時にお待ちしています）

時計を見ると五時だった。

午前か午後かと窓の向こうの明るさを推し量ったが、二十四時間不眠不休の巷なので、朝なのか夕方なのか不明だ。

もぞもぞと携帯の画面を確認すると十七時だった。となると、あと二時間しかない。

浴室に飛び込んで耳の穴の奥まで洗い清め、髭を剃って、ぼさぼさの髪に櫛を入れた。念入りに歯を磨いて、仕上げに両手で頬を叩いた。

外は雨。

自分の人生は何かしら肝心なときに雨が降る。

といって、その雨はおよそ生温くやさしく降り、考えようによっては、空に歓迎されているような雨だった。

そそくさと、ぼろいアイロンを戸棚の奥から引きずり出し、ぼろいシャツの皺を申し訳程度にのばしてみた。

さて、どうしてこんなことをしているのか、わからない。

わからないけれど、いま自分はきっと次の場面に差し掛かっている。次のページをめくろうとしている。それは何らかの儀式のようなもので、そのためには体を清めてきちんと身支度を整え、皺をのばして、靴の埃を払って、靴紐を結び直さなくてはならない。

「きちっと結べ」

父がよく言っていた。

実際、父はあの日そうしたのだ。理恵さんが留守だったので、父は自らシャツにアイロンをかけて春先用の新しいスーツをおろした。理容室に出かけて髪を整え、その散髪中に、突然、体をくの字に折って胸をおさえながら息絶えた。

「次の場面」にはそうした事態が起こらないとも限らない。というか、父はあの性格から察するに、いつあの世に行ってもいいように身なりを整えていたのだろう。

そんな話をすると、理恵さんは「やめてよ」と半ば笑って半ば眉をひそめた。

「いい？　あなたは死なないでね。出来るだけ長く生きてほしい。私もたくさん生きるし、オーもね」

待ち合わせをしたのが、またしても高層ホテルのレストランだったら、もっと深刻な会話になっていたかもしれない。その点、〈トルネード〉は声のボリュームをあげなければ、お互いの声が聞こえないくらい賑やかだ。深刻さも裸足で逃げ出して鬼も笑い出しかねない。

「オーはあなたのことを父親代わりだと思ってるみたいだし」

「そうなんだ？　恋人じゃなくて？」

こちらも半ば笑って半ば眉をひそめると、

「私もあなたのことをオーの父親代わりに思ってるかも」

理恵さんは少し酔っているようだった。まだシェリー酒を一杯呑んだだけなのに頰が赤らんでいる。

「違う。今日はそんな話じゃなくてね」

理恵さんは頭を振った。

「見せたいものがあるんです」

ずいぶん大きな鞄を提げてあらわれたな、とは思っていたが、その鞄の中から額装された一枚の絵を取り出した。

「わかる？」

「親父の絵かな？」

「そう思うでしょう？　でも、じつはこれ、オーが描いたものなの」

そう聞かされなければ父の描いた絵だと信じられた。しかし、よく見るとその絵は、油彩だろうか、筆致はきわめて細やかで、父の若いときの作風にそっくりだ。

「わかる？」

理恵さんはもういちどそう言ったが、それには理由があって、「私には何だかよくわからないから説明できないんだけど」と今度は笑いの消えた純粋な困り顔になった。

「これってもしかして、ソラシドの彼女が弾いていたあの大きなベースじゃない？」

最初はたしかにそう見えた。トオルさんとミツヨさんの肖像を見事に再現したのだから、あの日、階段をのぼった天窓のある部屋で見たカオルさんの――トオルさんの？――ダブル・ベースをオーは記憶を頼りに描いたのかと思った。

でも、違うのだ。

「わかる？」と理恵さんは別の意味でそう言ったのだろうが、そこに描かれたものが何であるか「わかる」のは、世界広しと言えど、自分だけだ。こうして描かれたものを間近で見てみれば、それが自分の相棒であったエレファントに違いないと断定できる。

「傷が」とうわごとのように声を漏らすと、「傷？」と訊き返す理恵さんに、「この傷が目印なんです」とダブル・ベースの右頬にあたるところに人差し指を当てた。

傷のところだけ絵の具が黒く盛り上がっている。

記憶ではなく、指先がエレファントの響胴の感触をまざまざと思い出した。ざらざらゴツゴツとした粗悪な塗料と、木材による凹凸。そして、三日月ではなく稲妻のかたちをした傷あと。

目ではなく指が覚えていた。

「オーは何か言ってましたか」

「いえ、何も。ただ、これをあなたに見せてほしいって。見せれば、わかるからって」

たしかに「わかる」にはわかった。でも、問題はどうやってエレファントをここまで正確に描けたのか――。

「最近、オーはどうしてました？」

惰眠をむさぼっていたあいだ、彼女からのメールが一通もなかった。

「なんだか、あの子、急に活き活きとして」

理恵さんは空になりかかったグラスを手にして肩をすくめた。

「毎日、どこかへ出かけて行くの。そんなこと、前代未聞」

「画廊じゃないんですか」

「そういえば、この額装は画廊にお願いしたって言ってたけど、通い始めるのは来月からのはずだから――」

「じゃあ、この絵はいつ描いたんです？」

「それがわからないの。少なくとも、家では絵なんか描いてないし。画材もね、建造さんが使っていたものは他の遺品とまとめて私の実家の物置にしまったままだし」

物置と聞いて思い当たることがあった。

実家の物置だ。もしかして、オーはあの物置に通っていたのか。

いや、そうだろう。そうでなければ、ここまでエレファントを緻密に描くことは出来ない。

＊

「兄ぃの代わりによく見てきました」

二日後の夜、理恵さんが座っていた〈トルネード〉の同じテーブルの同じ席で、今度はオーがシェリー酒を呑んでいた。

「お母さんに呼ばれたわけじゃなくて、自分で行ったんです。でなければ、やっぱりお父さんに呼ばれたのかな」

父のことをオーが「お父さん」と呼んだのは初めてだったような気がする。

「代わりに見に行ったって――そんなこと頼んでないけど」

「だって、可哀想じゃない。あんな暗いところに押し込まれちゃって。あれ、すごく重たくて、お母さんと二人で四苦八苦して、なんとか庭に連れ出したんだから」

「いや、だから、そんなこと頼んでないし」

「うん。本当のこと言うと、エレファントがしまってあったその奥にお父さんが昔使ってた筆や絵の具があったの」

それは知らなかった。母は父が家に残していったものは根こそぎ処分したはずだ。

「兄ぃには内緒だって言ってたけど、わたし、それを見たくて——それで申し訳ないけど、エレファントを引っぱり出してきたの」

オーはそこで舌を出したが、

「エレファントもお父さんの絵の道具も、埃ひとつかぶっていなかった。というか、お母さんが定期的に埃を払って磨いておいてくれたんだと思う。そう思ったら、わたしがいまこれを引っぱり出してきたのは決められていたことなのかな、って」

オーは二日前の理恵さんと同じ表情と口調で頬を赤く染めていた。

「お母さんに教わって絵の具を油で溶いたら、パレットの上で色が生き返ったみたいになったの。キャンバスも新品みたいに綺麗に保存されていて、つい、触りたくなって真っ白な画面のざらざらした感じを味わってた。そしたら、描いてみない？　って。お母さんがイーゼルを立ててくれて、庭の花を描いてみたらどうかしらって。でも、わたしは描くなら、エレファントだって決めてた。そしたら、そういうところ、お父さんによく似てるって言われちゃった」

オーが父の筆を使ってエレファントを描くなんて、誰が予測できたろう。

「おかわりください」

誰へ向けてなのか、彼女は高々とグラスを掲げてみせた。

ソ ラ シ ド

18

New York

＊ 本当のこと

20××

『Don't Disturb, Please』とタイトルだけ書いて何カ月も放置されていたソラシドの紹介文は、結局、締め切りに急き立てられて一気に書き上げることになった。

推敲を重ねる間もなく、飛び立つように手もとを離れ、しばらくすると、「校正をお願いします」とマツヤマタロウからゲラ刷りが送られてきた。

自分が書いたものなのに、どこからか発見されたソラシドの新資料のようで、ゲラ刷り用の粗悪な紙に刷られていても、印刷された文字のつらなりに妙な説得力があった。

実際は大いに妄想がまぶされている。

不明を想像と憶測で補って書いた。

だから、誤字を正すことは出来ても、「事実に即して書かれたものか」と問われたら、怪しげになる。「見てきたように嘘をつくこと」と誰かが言っていた。それがいい文章を書く極意で、ただし、「嘘をつくためには本当のことを知らなくては」とおまけが付く。

ふと、シシドさんのタテ場が思い出された。

あの見渡す限りの白い荒野に立ったとき、足もとに積まれた紙の束＝廃棄された新聞や雑誌や書籍の山を踏みしめながら、ここには一体どれほどの本当のことがあるのかと考えあぐねた。

いや、掘り起こせば必ず見つかるだろう。たとえ、紙に刷られたものが体のいいことばかりで上滑りをしていても、その奥には、書いた本人すら気付いていないような手つかずの原石や本当のことが隠されている。そう思いたい。

目はゲラ刷りの文字を追いながら、頭は白い荒野をさまよっていた。

「おい、また見つかったぞ」とシシドさんの野太い声が聞こえてきそうで、いっそのこと自分はペンを置いて、シシドさんに弟子入りを申し出てタテ場に通うのはどうだろう。

そんな妄想を見透かしたように、マツヤマタロウがおれを現実に引き戻した。

（明日、ゲラをお戻しください）

半ば強制的とも言えるメールが届き、

（佐藤という昔の仲間が東中野で喫茶店を開きました。店の名はミンガスのアルバムにち

なんで〈クラウン〉といいます。午後四時にその店でどうでしょう〉
そうした連絡はメールで届けられたが、ゲラは現物が郵送されて、そもそもの依頼がそうであったように、萬年筆で綴った手紙が添えてあった。
〈ヤマシタさんの原稿を読んで、あの頃の彼女たちと再会した思いです〉
さて、本当だろうか。自分にはそこのところがわからない。再会どころか、彼女たちとは一度も会ったことがないのだから。

指定された〈クラウン〉という店は、開店したばかりとは信じ難い年季の感じられる店構えだった。

「佐藤も〈ポーク・パイ・ハット〉の出身なんです」

マツヤマタロウはおれが差し出したゲラを確認すると、目の前に置かれたコーヒーを佐藤氏そのものであるかのように指差した。

文句なしに美味しいコーヒーだった。

あの頃の自分におごってやりたい。でも、「あの頃の自分」を探す目印となる場所が、いまやひとつも残っていない。

得体の知れないコーヒーを飲ませた新宿三丁目の〈バルボ〉。ミルクの味しかしないカフェ・オレが名物だった小伝馬町の〈ズー〉。エロ本屋の隣にあった池袋の〈スター・ダスト〉。池尻大橋の〈ママ〉。代々木の〈ガレージ〉。高田馬場の〈シルバー・アロー〉。明大前の〈エリザ〉。そして、松見坂の〈ヤマナカ〉——。

〈ヤマナカ〉の跡地には美容院が建ち、空中の長屋を擁した城塞アパートは小綺麗なマンションに生まれ変わった。マンションには巨大なビルボードが掲げられ、いつだったか、バスに乗って通りかかったとき、ビルボードで笑みを浮かべる巨大な女の喉仏を見上げた。

たぶん、あのあたりに自分の部屋があった。

そして、階下に並んだ部屋のあちらこちらで夜ごと男と女が睦み合っていた。

マンションの住民は、自分の住み暮らすところにそうした履歴があることを知らないだろう。というか、履歴はすっかり更新されている。更新されたと知っているのに、いまでも松見坂へ行けば、そこに〈ヤマナカ〉があって、相変わらず泥水みたいなブレンド・コーヒーを飲ませられるのかとうんざりする。好きとか嫌いとかではなく、もうどうしようもなく〈ヤマナカ〉のまずいコーヒーは永遠だ。

そんな思いにふけっていたせいか、

「カオルさんのことですけどね」

マツヤマタロウの声が、すぐ目の前にいるのにどこか遠くから聞こえてきた。

「ヤマシタさんが思われているとおりかもしれません」

次第に彼の声が明瞭になってきた。

「トオル君の様子から私なりに感じたことです。なんというか、一人の中に二人がいるのを感じるんです。別の言い方をしますとね、もう、二人ではなくなったということでしょう」

「あの」とおれが言いかけると、「いや、この話はもうここまでです」とマツヤマタロウはめずらしく語気を強めた。

「どうか、察してください」

そのひとことで充分だった。彼は知っているのだ。あるいは、はっきり気付いている。それはつまり、おれもまたその事実を受け入れなくてはならないということだ。

お互いを自らの分身のように感じていた双児が、その分身を失った。

そして、失われた分身の人生を引き継いで生きている。いま起きているのはそういうことだ。残念ながら、ソラシドの「本当のこと」を語り得る当事者のひとりがこの世からいなくなってしまったが、彼女たちについて最低限の情報を提供するという自分の役割も、じきに終わろうとしている。

いったい、生きていることとそうではないことに、どれほどの差があるのか。知らなければおれの中で彼女は生きつづけていた。

いや、不在を知っても生きつづけるということはある。〈ヤマナカ〉のまずいコーヒーが永遠であるみたいに。

*

オーは銀座の画廊で働き始めてからというもの、頻繁に〈兄ぃ、ちょっと来て〉とメールを送ってきた。当初は、〈大変なの〉とか〈面白いもの見つけた〉といった言葉がそのあとにつづいていたので、何事かと駆けつけると、収蔵庫の片隅に置かれた机の上に、父が愛用した帽子や靴、手帳、ライター、それに煙草の空き箱といったものが並べられていた。

「見てよ、これ」

オーはつとめて冷静に話そうとしていたが、「つとめて」というのは、じつのところ興奮気味だからだった。それは形見に触れて生前の父と交流する時間を得たことにもよるだろうし、オーにしてみれば、それらの品々を二人の妻が大切に保管してきたことに対する驚きでもあるようだった。特に、「すべて捨ててしまった」と断言していた理恵さんが、父に関するものを、一切合切、段ボール箱に詰めて貸倉庫に預けていたのには驚いた。

「私は、オール・オア・ナッシングだから」

理恵さんは澄ました顔でそう弁明した。

「たまたま、ナッシングにならなかっただけでね。でも、あのガラクタを整理することがオーの仕事になっているのだから、これでよかったのかしら」

画廊との取り決めがどうなっているのか知らない。ただ、どう見てもオーは画廊の仕事に従事しているというより、父に関わるものを仕分けしているだけだった。

(ねぇ、すごい発見しちゃったから、すぐに来て)

「すぐに来て」は毎度のことだったが、「すごい発見」は初めて使われたフレーズだった。

どうせ大したことはないだろうと思いながらも、やや足早に画廊へ赴いた。

夕方を迎えたばかりの銀座の路地裏を歩き、勝手知ったる画廊の裏口から入りかけたところ、「あれ？」と背後から聞こえてきたのは耳に覚えのあるニノミヤ君の声だった。

「あれ？」と振り向き、「どうして、ニノミヤ君が？」と夕闇に浮かんだ彼の白い歯を確かめた。

「いや、オーさんが、すごい発見をしたからって」

どうやら、ニノミヤ君も呼び出されたらしい。

「ふうん」と二人で収蔵庫を目指すと、背中を丸めてしゃがみ込み、一心不乱に段ボール箱の中身をかきまわしているオーの姿があった。

「やっぱり、あれだけかな」とつぶやいている。

「何があれだけ？」と背中に訊くと、「他にはないみたい」と背中で答えた。

「何が？」

「大発見が」

オーは背筋を伸ばして立ち上がり、おれとニノミヤ君を呼び寄せるようにして、「これを見つけたの」と机の上に置かれたものを示した。

どう見ても、くたびれて薄汚れた雑誌にしか見えない。

「あれ？」とニノミヤ君が何かに気がついた。「どうも見覚えがあると思ったら」

オーが調べていた段ボール箱を見おろし、

「それって、僕が——」

「そうなの。ニノミヤ君がくれた一九八六年が詰まった箱。いろんなものが入っていて、その年の新聞とか、お菓子の空き箱とか、ラジオとか、スニーカーとか。全部、わたしたちが生まれた年につくられたものだって」

そういえばそうだった。一九八六年に上演された芝居やコンサートのチラシもあり、その中から、ソラシドのライブを告知したチラシが見つかった。

「どうして、それがここに？」

「うちの母が押し入れに隠していた段ボール箱を送り出したときに紛れちゃったみたい。途中までいつもどおりに仕分けしてたんだけど、どうもおかしいって気づいて」

「で？」とオーの顔を見た。「大発見って、なんのこと？」

「この箱の中からこの雑誌が出てきたの」

オーが机の上にあった一冊をこちらに差し出すと、それは〈リザーブ〉という名のマイナー情報誌だった。その誌名にぼんやりと記憶がある。たぶん、ニノミヤ君から受けとったときに箱の中身をあらためたからだろう。

「湿気でページとページが貼りついているところが何ヵ所かあって、そういうときはドライヤーで乾かせばきれいに剝がせるって仕分けをしながら覚えたの」

オーは「ほら、このとおり」とページをさらさらとめくってみせた。

「そして、見つけたの」

中ほどのページに付箋が立っていた。

「このページもべったり貼り付いていたから、前に見たときは気づかなかったんだと思う」

オーが付箋を立てたページを開いて机に置くと、右のページの端に、「注目の女性デュオ、ソラシド」という見出しが躍っていた。

「おお」とニノミヤ君と一緒に声をあげた。

それはB6判の見開き記事で、モノクロページだったが、かなり大きな写真があしらわれていた。左下に添えられたキャプションには、「右＝ギター＆ボーカル担当・守山空。

左＝ダブル・ベース担当・有本薫」とある。

二人はスポットライトを浴びていた。場所はライブハウスだろうか。額に汗を浮かべ、ソラは顔をしかめるようにしてマイクに向かい、カオルは涼しげな顔でフィンガーボードに置かれた自分の左手を見ていた。トオルさんにそっくりだ。弾いているのは、天窓のある部屋で見たあのダブル・ベースで間違いない。

写真の下には見開き一段分の文章があり、その途中——左ページのノド側にもう一枚小さな写真がレイアウトされていた。オフ・ステージのリラックスした二人をとらえたもので、こちらを見て肩を並べて笑っている。お揃いにも見える白いシャツを着て、演奏のあとなのか、ソラは首からタオルを下げ、屈託なく、気負っている風でもなく、その笑顔はごくふつうの女の子に見えた。

「これを見て。この傷あと。右頰の」

写真の中のカオルの顔を指差した。

「あの日、私たちが高円寺で会ったのは、トオルさんじゃなくてカオルさんだったみたい」

え？　そうなのか。本当に？

「いや、でも――」

と咄嗟に応えていた。

「あのときのあの人は、やっぱりトオルさんだったよ」

マツヤマタロウの言うとおり、一人の中に二人がいたのだ。いまでもそう感じる。頑なにトオルさんとして振る舞いつづけたその思いこそ、自分が長らく探していた「本当のこと」のように思う。なぜ、カオルが音楽から身を退いたのか――解けずにいたものの答えを教えられたような気がした。

カオルはトオルになったのだ。

「じゃあ、私たちは二人に会ったってことだね」

オーが神妙に口を結んだ。

そう。きっと、そういうことなんだと思う。

＊

〈二〇××年。一月某日。晴。夕方。ニューヨーク。ソラの店の休憩時間を狙い定めたようにカオルが予告もなしにあらわれた。

「すぐそこにコーヒーを飲めるところがあるから」

二人で通りを渡って小さなコーヒー・スタンドに落ち着いた。

「来るなら来るって、言ってくれたらよかったのに」

「だって、恥ずかしいよ、なんだか」

カオルはなかなかソラと目を合わせようとしなかった。

「じゃあ、どうして来たの、こんな遠くまで。カオルはいまどこに住んでるんだっけ」

「高円寺の古着屋の二階。光世さんとね」

「元気なの？」

「いちおう元気だけど、元気も歳をとるよね。鏡で目尻を見るたび愕然とする」

「そう？」

ソラはカオルの顔を隅々まで点検した。

「全然、変わらないけど。やっぱり、人前に出てると違うよね。わたしを見てよ、こんなに太っちゃって」

カオルは黙って首を振った。少し間をおいて「あのね」とようやくソラの目を見る。

「アタシ、じつは、ソラには言わなかったけど、しばらく音楽をやめてたの」

「そうなんだ」

ソラはいったん口をつけたコーヒーをトレイに戻した。

「ときどき、光世さんから葉書がくるけど、そんなこと書いてなかった」

「まったくやめたってわけじゃないんだけどね、人前に出るようなのは特にね」

「それはやっぱり、トオル君のことがあったから？」

「そう。あれから何年になるのかね、もう、わからなくなっちゃったけど」

「早いよね。本当にあっという間——」

「でも、街はずいぶん変わったよ。事故のあった交差点も再開発で様変わりして、花を供えるところもなくなった」

カオルは窓の外を行き交う街の人たちに視線を泳がせた。目や髪や肌の色が違うさまざまな人たちが、どこか困ったような顔で足早に過ぎていく。皆、急いでいた。街はどこでもそうだ。まったく、どこへ向かってそんなに急いでいるのか。

「出来れば、やめないでほしい」

ソラも窓の外を見ながら言った。

「もう若くないんだし、有名になるとか、スターになるとか、そんなことはもういいでしょ。急ぐ必要はないんだって、わたし、このごろ実感するの。だからね、カオルもゆっくりでいいから、つづけてほしい」

「うん」とカオルは街を見ながら答える。「それはわかってるけど、ひとりだと、結構へこたれることも多くてさ」

「ひとりじゃないよ。わたし、いまでも仕事しながら心の中で歌ってるし」

「そうなんだ」

「昔には戻れないけどさ、お互い体を大事にしていれば、まだまだ先は長いんじゃない?」

「ソラは楽天的でいいよね」

カオルはコーヒーを飲んで苦そうな顔をし、「あのさ」と急に声をひそめた。

「関係ないけど、ちょっと言っていい?」

「なに?」

「ここのコーヒー、いったい何なの?」

「そう言うと思った」

「ひさびさ、アタシ、まずいコーヒー飲んだ」

さすがに店の椅子に蹴りを入れたりはしなかったが、カオルはあの頃と変わらず、顔をしかめて口をへの字にした。〉

自分は机に向かって新しいノートを開き、開いたきり腕を組んで壁のしみを眺めている。この仕事は日々壁を眺めるか、こつこつと文字をつらねてゆくだけだ。

終わりはない。物理的な事情で原稿の終わりにエンド・マークを打たなくてはならないとしても、それで誰かの人生が終わるわけではない。抱えていた問題が解決されるわけでもなく、だから、つづけられる限りつづいていく。そう望んでいる。いまのところ、贅沢さえしなければ自分ひとりを養うことはぎりぎり可能だ。

終わりがないと言えば、オーの仕分けもまだ終わっていなかった。収蔵庫に籠《こも》りきりになるのは不健康なので、(週末はお母さんのところで絵を描いています)とメールがくる。妙な嫉妬にも似た思いにとらわれるのであまり訊かないことにしているが、週末にかならず母のところに通っているわけではなく、たぶん、ニノミヤ君と映画を観に行ったり食事をしたりしていると思う。

そのニノミヤ君は大口の依頼があって小金を手に入れ、店の看板を新調して自慢の歯にたんまり保険を掛けた。

自分は息抜きにマツヤマタロウと東中野の〈クラウン〉でコーヒーを飲みながら、昔、買ったレコードの話をする。彼のおかげで、またレコードを聴くようになった。「おかげ」という言葉には感謝と迷惑のふたつの意味があるが、ふたつのバランスが感謝の方に傾いている限り、われわれの友情はつづいていく。

レコードをまわして音楽を聴けば、部屋の温度が上がったみたいに気持ちがやわらぐ。そんなことはカーテンを導入すれば解決するのだろうが、相変わらず自分の部屋は殺風景なまま寒々しい。

ときどき理恵さんと外で食事をするときを除けば、これまた相変わらず性懲りもなく出前のピザを食べている。

そういえば、このあいだ、ピザを配達にきたカオルが、「わたし、今度、歌を歌うので観にきてくれますか」とライブハウスのチケットを二枚置いていった。「妹さんとどうぞ」と余計な目配せをしながら。

そのチケットは忘れないよう、壁に飾った「エレファントの肖像画」の隣にピンで留めてある。オーには内緒で理恵さんと観に行く約束をしたが、理恵さんは知れば知るほどぼんやりしたところがあるひとだ。何度説明しても、「カオルって、ソラシドの彼女よね」と思い込んでいる。たぶん、ライブを観たあとも、「ひさしぶりで懐かしかった」と見当違いな感激をすると思う。

もうひとつ――。

忘れてはならないことがあった。

ミツヨさんから借りたままのソラシドのアセテート盤だ。

あれから高円寺には二度ほど足を運んだが、たまたまなのか、古着屋のシャッターは閉ざされたままで、バーのドアには「Don't Disturb, Please」の札がさがっていた。その札を目の当たりにすると、それ以上踏み込めない躊躇が立ち上がる。だから、レコードはオーの描いた似顔絵――ミツヨさんとカオルさんのスケッチが描かれたピザの箱にいれられたまま、いまも手もとに残されている。

そして、つい昨日のことだ。

外套を羽織り、ナンデモ屋の喧噪から離れて、あてもなく歩いていた。

（一九八六年十二月某日。晴。一日中、あてもなく歩いた。）


四半世紀前の日記の中でも、たびたび歩いていた。

が、そうして歩いたところで何かが見つかるわけでもなく、まっさらのノートに書くべき一行が思い浮かぶわけでもない。

混雑を避け、煩わしい音や色に追い立てられるようにして歩きまわるうち、新宿の高層ビル群を見上げる街区に辿り着いた。地図のひとつも持たずにうろつきまわる者にとって、あのビルの群れは四半世紀前もいまも、ほとんど唯一の目印としてそこにある。

思えば、理恵さんと再会したとき、自分はあのビルの窓から地上を見おろしていた。いまはこうしていつのまにか地に足をつけて立っている。シシドさんに弟子入りするまでもない。結局のところ、自分はいつでも紙とインクでつくられた白い荒野に立っている。足もと深くに埋められた「本当のこと」を、紙屑をかきわけて自分の手で掘り出すためにだ。

ビルと空を見上げながら、さて、どちらへ行こうかと立ちどまったとき、

（寒いなぁ）
自分ではない誰かの声が聞こえてきた。あたりを見まわしたが、人の気配はない。
（意見は言葉で出来てるけど）
誰の声なのかわかった。
（思いは言葉になりにくいよね）

コーヒーを飲みながら書いたあとがき

本書の一節にこうあります。

「いつでも自分は『あとがき』ばかりを読んでいた。」

さらには、

「本編をまともに読んだことがない。あとがきほどには面白くないと知っていたからだ。」

こんなことが書いてある本なのですから、その、あとがきを書くのは容易ではありません。ですので、オリジナルの単行本には、あとがきがありませんでした。

ここで、「オリジナルの単行本」という言い方をするのは、単行本をバージョン1とするなら、今回の文庫化はバージョン2まではいかないとしても、バージョン1・5ぐらいに進化を遂げているのではないかと思われるからです。大いに加筆訂正をしました。オリジナルを上梓してから六年が経っていますし、連載時の執筆から勘定すると九年になります。

オリジナル版を書くことになったきっかけは、僕のデビュー作までさかのぼります。

僕は二〇〇一年の九月に『フィンガーボウルの話のつづき』という小説を書いてデビューしました。その二年後に、同じ版元で『針がとぶ』という連作短編集を書きました。この二作はビートルズのホワイト・アルバムを介して連携しており、後者はその表題どおり、レコードの針がとぶように、ところどころ話がスキップして詳細が語られません。意図的にそのような書き方をしたのですが、デビューからちょうど十年が経った二〇一一年、担当編集者のTさんから、「今度は、針がとばない小説を書いてください」と、あらかじめ念をおされました。

じつは、『針がとぶ』に限らず、自分の書いてきた小説は、本来、書かれてしかるべき情景や思いをスキップさせているものが多々あります。スキップしないと、自分の「本当のこと」が必要以上に露呈しそうになってしまうからです。

とはいえ、小説の芯には、「本当のこと」というか、隠しておきたいあれこれが脈打っているべきで、読者として本を読むときは、「もっとそいつをさらしてくれ」と野次を飛ばしています。なのに、いざ、作者の立場になってみると、「今日はこのへんで」と尻込みしてしまうのでした。普段、気のおけない人たちと談笑するときの自分の一人称は「おれ」なのに、「僕」や「私」といった、かしこまった自分を楯にし、なるべく恥部を曝さないよう、ごてごてと着込んでいました。

その着込んでいたものを脱ぎ捨て、いわば薄衣一枚で舞台に立ちなさい、というリクエストをいただいたわけです。デビューから十年という節目でもあり、ここはひとつ覚悟を決めて、一人称を「おれ」にし、自分の経験を日記をひもとくようにして書きました。

舞台は一九八六年と二〇一〇年代の前半＝執筆時の現在です。

一九八六年に僕は二十四歳で、来る日も来る日も、さまざまな雑誌のレイアウト・デザインの仕事をしていました。作中にも書いたとおり、「レイアウター」というデタラメな肩書きです。作中のチンパンは——彼がそんな名前であったかどうかはさておき——そのころ、よく見かけた実在する人物でした。「ヤ」を口にしないけむり先生、踊り子のナンシーにしてサリー内田、妹のオー、タテ場のシシドさん、ドラマーのミミセン、ロクロクの杉山さん、マツヤマタロウ、春三伯父さん、理恵さん、南さん、ミツヨさん、ダイナマイト・シャツのニノミヤ君——いずれも、当時、出会ったり見かけたりした人物を物語に即して造形した面々です。

とこう書くと、この物語が僕の経験そのままであったかのようですが、そうではありません。まったくそのとおりであったのは、レイアウターであったこと、小説家になりたかったこと、レコードばかり買っていたこと、ミュージシャンを目指して挫折したこと、そして、手軽に飲めるコーヒーがことごとくまずかったことです。

世はバブル景気に突入してじつににぎやかでした。しかし、そのころの自分の日記には、華やかな空気から逃げ出して、ひたすら街の路地裏をうろついていた日々が書きなぐってあります。

なにしろ、レコードばかり買っていました。日記には、その日、購入したレコードのことしか書いていません。あの頃は街の至るところにレコード屋があり、路地裏の少々、怪しげな小さな店に世界中から出来たてのレコードが届いていました。

音楽の世界はインディーズが興隆して成熟期を迎え、しかし、インターネットはまだ黎明期で、手に入れられる情報は限られていました。それゆえ、まったく得体の知れない未知のレコードを勘だけを頼りに買いあさっていました。日記にもたびたび書いてありますが、とにかく路地裏はひどく寒く、二十四歳の自分にとって、一九八六年は一年中が冬のようでした。

なにより、その冷たい空気と、冷たい空気を震わせていた未知の音楽を書きたかったのです。

未知のもの、見知らぬもの、無名のもの——そうしたものを追いつづけていました。まずもって自分自身が無名であったからで、有名になりたいと思ったことは一度もありませんが、表現することを仕事として定着していくためには、有名にはならずとも名前を覚えていただく必要があるのだろうと理解はしていました。でも、無名には無名ならではの自由があり、何ものにも縛られずに表現していく潔さを大事にしたいと思っていました。

葛藤がありました。いまだにあるかもしれません。

世には出たいけれど、世に出たら自分ではなくなる——。

長いものであれ短いものであれ、物語を書くときは、いつもこの思いがあります。敵に立ち向かって逆風に髪をなびかせる主人公を描くのではなく、世の中の隅の方で誰にも知られることなく小ぢんまりと仕事をつづけている人たちを描きたい。彼らは世に知られていないけれど、彼らなりに髪をなびかせる瞬間が――ほんの一瞬だけ――あるのではないか。その刹那を書いてきたように思います。

ただ、彼らの胸の内については、少々、針をとばしていたかもしれません。それゆえ、彼らは皆、どこかのんびりと好き勝手に生きているように見えます。Tさんの「針がとばない小説を書いてください」というリクエストは、そんな彼らの葛藤に踏み込んでほしい、という意味であったかと思います。はたして、この小説がそれにお応えできたかどうか分かりませんが、大いにデフォルメしているとはいえ、なるべく自分の経験に根ざしたものを描いたので、他の作品より、幾分かは「本当のこと」が書かれているかもしれません。

ところで、このあとがきを書いている現在は二〇二一年の八月で、作中の日記風に書くと、こうなります。

（二〇二一年八月某日。雨。強風。昨日、東京オリンピックが閉幕した。前回の東京オリンピックはまだ二歳だったので記憶にない。とはいえ、生きているあいだに自分の生まれ育った街でオリンピックが二度も開催されるのは稀なことだろう。それは自分の生まれ育った街が二度も大きな更新を余儀なくされたことを意味している。更新の裏には破壊と消滅があり、たまたま読んでいた『ソラシド』のゲラにこうあった。

「彼は許せなかったのだ。壊す必要のないものを壊し、ようやく自分の椅子を見つけた者たちから、いたずらに椅子を奪いとっていく者たちを。」

バブルの時代にも多くの更新があった。釈然としないまま更新に背を向けると、「ノスタルジック」と称される。しかし、「ノスタルジック」という言葉はどこかのんびりとして、こちらの実感に見合わない。だから、

「ノスタルジック」にも背を向けたくなった。『ソラシド』を書いているときは常にそんな感じだった。）

前述したとおり、僕は『フィンガーボウルの話のつづき』という小説を書いて、二〇〇一年の九月にデビューしました。つまり、この九月でちょうど二十年になります。このタイミングで本書の文庫化が巡ってきたのは、まったくの偶然ですが、自分としては、これこそちょうどいい二十周年記念であると巡り合わせの妙に驚きました。

というのも、『ソラシド』のいくつかのエピソードやイメージは、『フィンガーボウルの話のつづき』に収録されているいくつかの短編から引用して書いたからです。ピザの箱にレコードを収めるところや、女性のデュオという設定――そのうちの一人がデリカテッセンを営んでいるというのも、そのまま踏襲しました。

では、この物語はデビュー作の引用から生まれたのかというと、そうではありません。最初にあったのは、

「まずいコーヒーの話でよければ、いくらでも話していられる。」

という冒頭の一行だけでした。しばらくは、この一行しかなかったのですが、この一行には出版社を横断した仕掛けがありました。

『ソラシド』の連載を企画していたとき、他にもう二つ、連載の依頼をいただいていました。そこでふと、おかしないたずら心が立ち上がったのです。

もし、三つの連載を同じ一行で始めたらどうなるだろう?

『サンデー毎日』に連載した「なにごともなく、晴天。」という小説――これもまた『ソラシド』と同じく、二人の女性にフォーカスした物語です――の冒頭は、

「まずいコーヒーのことなら、いくらでも話していられる。」

平凡社の『こころ』に連載した「あること、ないこと」の冒頭も、「まずいコーヒーの話でよければ、いくらでも話していられる。」で始めました。じつは、この一行には出典があり、種村季弘さんの『好物漫遊記』の冒頭――「蝙蝠傘の使い方」というエッセイの一行目が、「まずいコーヒーの話ならいくらでも書ける。」なのです。

以前、種村さんにお会いしたとき、「小説はアナロジーによってつくられるんです」と教わりました。アナロジーは「類推」と訳せばいいのでしょうか。この「類推」を、同じ一行目で始まる三つの物語に引き寄せて翻すなら、「あるひとつの事物が別の事物と響き合って、お互いに補完し合うこと」ではないかと思います。つまり、同じ「まずいコーヒー」から話が始まっても、そのあと、どんな事物と出会うかによって、物語はそれぞれの道を辿っていきます。そんな極意の実践を試みたのが「まずいコーヒー三部作」でした。

文庫化にあたって、大いに加筆訂正をしたと書きましたが、目指したのは、音楽のようにリズムを感じる文章でした。オリジナルより、だいぶテンポよく読めるように工夫したつもりです。文章を書くときは常に声に出して読み上げながら書いています。読み上げたときに、リズムや響きが音楽的に快いかどうかを優先しています。学生時代にバンドを組んで音楽をつくっていた経験が尾を引いているようです。

しかし、今回は読み上げたときのリズムだけではなく、視覚的なこと――文字組みについても検討を重ねました。

この小説は基本的に三つのレイヤーを持っています。

「主人公が書いた一九八六年の日記と回想」「主人公の現在の日々」「ソラシドという幻のデュオをめぐるテキスト」の三つです。そこへさらに、メールのやりとりや内面の声などが同じレベルで挿入されています。

この混沌としたレイヤーを視覚的に了解しやすくするべく、レイヤーによって書体を変えてみたらどうかという案がありました。おそらく、そうした方が読みやすくなったかと思います。ですが、この三つのレイヤーが分け隔てなく同じレベルにあり、混在どころか、ときに混線もし、さらには越境さえしかねない混沌ぶりを発揮するところに意味があるように感じました。理屈では説明できませんが、この三つはいずれも「おれ」が書いたものであり、言い換えるなら、三つのレイヤー――三層の異なる時間が「おれ」を形づくっているように思います。

おれの相棒であった「エレファント」がソラシドのカオルの手に渡ったのではないかという空想は、時系列から逸脱したところにあり、それでもその空想を追いつづけるのは、おれとカオルが陽の当たらない冷たい路地裏の空気を共有していたと確信しているからではないでしょうか。

時間は多くのものを破壊して消滅させ、言葉もまた人から人へ伝えられるうちに意味が変転してうつろっていきます。しかし、「思い」だけは時間も理屈もレイヤーをも越え、手渡したり、引き継いだり、共有することができるのではないか。

「思い」は形をともなわず、触れることも見ることもできないおぼつかないものです。場合によっては、言葉に置き換えることもできなかったりします。でも、だからこそ、破壊されることも消滅することもありません。

一度も聴かれることのなかった音楽や一度も読まれることのなかった物語——無名のまま封印されたものに宿る「思い」の中にこそ、誰も知らない「本当のこと」が眠っているのかもしれません。

二〇二一年　夏

吉田篤弘

『ソラシド』二〇一五年一月　新潮社刊

中公文庫

ソラシド

2021年 9 月25日　初版発行

著　者　吉《よし》田《だ》篤《あつ》弘《ひろ》

発行者　松田陽三

発行所　中央公論新社

〒100-8152　東京都千代田区大手町1-7-1
電話　販売 03-5299-1730　編集 03-5299-1890
URL http://www.chuko.co.jp/

ＤＴＰ　平面惑星
印　刷　大日本印刷
製　本　大日本印刷

Published by CHUOKORON-SHINSHA, INC.
Printed in Japan　ISBN978-4-12-207119-3 C1193

定価はカバーに表示してあります。落丁本・乱丁本はお手数ですが小社販売部宛お送り下さい。送料小社負担にてお取り替えいたします。

各書目の下段の数字はISBNコードです。978－4－12が省略してあります。

中公文庫既刊より

よ-39-1
それからはスープのことばかり考えて暮らした
吉田篤弘
路面電車が走る町に越して来た青年が出会う、愛すべき人々。いくつもの人生がとけあった「名前のないスープ」をめぐる、ささやかであたたかい物語。
205198-0

よ-39-2
水晶萬年筆
吉田篤弘
アルファベットのSと〈水読み〉に導かれ、物語を探す物書き。繁茂する道草に迷い込んだ師匠と助手――人々がすれ違う十字路で物語がはじまる。きらめく六篇の物語。
205339-7

よ-39-3
小さな男＊静かな声
吉田篤弘
百貨店に勤めながら百科事典の執筆に勤しむ〈小さな男〉。ラジオのパーソナリティの〈静香〉。ささやかな日々のいとおしさが伝わる物語。〈解説〉重松　清
205564-3

よ-39-4
針がとぶ Goodbye Porkpie Hat
吉田篤弘
伯母が遺したLPの小さなキズ。針がとぶ一瞬の空白に、どこかで出会ったなつかしい人の記憶が降りてくる。響き合う七つのストーリー。〈解説〉小川洋子
205871-2

よ-39-5
モナ・リザの背中
吉田篤弘
美術館に出かけた曇天先生。ダ・ヴィンチの『受胎告知』の前に立つや、画面右隅の暗がりへ引き込まれ……。さぁ、絵の中をさすらう摩訶不思議な冒険へ！
206350-1

よ-39-6
レインコートを着た犬
吉田篤弘
〈月舟シネマ〉の看板犬ジャンゴは、「犬だって笑いたい」と密かに期している。小さな映画館と、十字路に立つ食堂を舞台に繰り広げられる雨と希望の物語。
206587-1

よ-39-7
金曜日の本
吉田篤弘
子どもの頃の僕は「無口で」「いつも本を読んでいた」と周りの大人は口を揃える――忘れがたい本を巡る断章と、彼方から甦る少年時代。〈解説〉岸本佐知子
207009-7

く-20-1
猫
クラフト・エヴィング商會
井伏鱒二／谷崎潤一郎 他

猫と暮らし、猫を愛した作家たちが思い思いに綴った珠玉の短篇集が、半世紀ぶりに生まれかわる。ゆったり流れる時間のなかで、人と動物のふれあいが浮かび上がる、贅沢な一冊。

205228-4

く-20-2
犬
クラフト・エヴィング商會
川端康成／幸田文 他

ときに人に寄り添い、あるときは深い印象を残して通り過ぎていった名犬、番犬、野良犬たち。彼らと出会い、心動かされた作家たちの幻の随筆集。

205244-4

お-51-1
シュガータイム
小川洋子

わたしは奇妙な日記をつけ始めた――とめどない食欲に憑かれた女子学生のスタティックな日常、青春最後の日々を流れる透明な時間をデリケートに描く。

202086-3

お-51-2
寡黙な死骸 みだらな弔い
小川洋子

鞄職人は心臓を採寸し、内科医の白衣から秘密がこぼれ落ちる…時計塔のある街で紡がれる密やかで残酷な弔いの儀式。清冽な迷宮へと誘う連作短篇集。

204178-3

お-51-3
余白の愛
小川洋子

耳を病んだわたしの前に現れた速記者Y、その特別な指に惹かれたわたしが彼に求めたものは。記憶と現実の危ういはざまを行き来する、美しく幻想的な長編。

204379-4

お-51-4
完璧な病室
小川洋子

病に冒された弟と姉との最後の日々を描く表題作、海燕新人文学賞受賞のデビュー作「揚羽蝶が壊れる時」ほか、透きとおるほどに繊細な最初期の四短篇収録。

204443-2

お-51-5
ミーナの行進
小川洋子

美しくて、かよわくて、本を愛したミーナ。あなたとの思い出は、損なわれることがない――懐かしい時代に育まれた、ふたりの少女と、家族の物語。谷崎潤一郎賞受賞作。

205158-4

お-51-6
人質の朗読会
小川洋子

慎み深い拍手で始まる朗読会。耳を澄ませるのは人質たちと見張り役の犯人、そして……。しみじみと深く胸を打つ、祈りにも似た小説世界。〈解説〉佐藤隆太

205912-2

各書目の下段の数字はISBNコードです。978－4－12が省略してあります。

ほ-16-2
一階でも二階でもない夜 回送電車II
堀江敏幸
須賀敦子ら7人のポルトレ、10年ぶりのフランス長期滞在で感じたこと、なにげない日常のなかに見出した秘蹟の数々……54篇の散文に独自の世界が立ち上がる。〈解説〉竹西寛子
205243-7

ほ-16-3
ゼラニウム
堀江敏幸
彼女と私の間を、親しみと哀しみを湛えて、清らかな水が流れていく——。異国に暮らした男と個性的で印象深い女たちの物語。ほのかな官能とユーモアを湛えた珠玉の短篇集。
205365-6

ほ-16-5
アイロンと朝の詩人 回送電車III
堀江敏幸
一本のスラックスが、やわらかい平均台になって彼女を呼んでいた——。ぐいぐいと、そしてゆっくりと、読み手を誘う四十九篇。好評「回送電車」シリーズ第三弾。
205708-1

ほ-16-6
正弦曲線
堀江敏幸
サイン、コサイン、タンジェント。この秘密の呪文で始動する、規則正しい波形のように——暮らしはめぐる。思いもめぐる。第61回読売文学賞受賞作。
205865-1

ほ-16-7
象が踏んでも 回送電車IV
堀江敏幸
一日一日を「緊張感のあるぼんやり」のなかで過ごしたい——異質な他者や、曖昧な時間が行きかう時空を泳ぐ、初の長篇詩と散文集。シリーズ第四弾。
206025-8

ほ-16-8
バン・マリーへの手紙
堀江敏幸
「バン・マリー」—湯煎—にあてた詩、音楽、動物、思い出深い人びと……愛しい日々の心の奥に、やわらかな火を通すエッセイ集。
206375-4

ほ-16-9
戸惑う窓
堀江敏幸
覗かずにはいられない。大聖堂の薔薇窓、木造家の古窓……マチスは闇を、プルーストは不思議な絵画を見いだした。世界を一変させた「窓」を訪ねる二十五篇。
206792-9

み-51-1
あの家に暮らす四人の女
三浦しをん
父を知らない佐知と母の暮らしに友人の雪乃と多恵美が加わり、笑いと珍事に溢れる牧田家。ゆるやかに流れる日々が心の孤独をほぐす。織田作之助賞受賞作。
206601-4